KB056536

괜찮아,
그 길 끝에 행복이 기다릴 거야

괜찮아, 그 길 끝에 행복이 기다릴 거야

― 흔들리고 지친 이들에게 산티아고가 보내는 응원

초판 1쇄 발행 2023년 4월 5일
초판 13쇄 발행 2024년 4월 20일

지은이 손미나

펴낸이 손미나
사진 센가 레이나
영상 이지환
편집 권은경
디자인 박대성

펴낸 곳 코알라컴퍼니
출판신고 2022년 11월 11일 제 2022-000299호
주소 서울특별시 마포구 동교로38길 6-7, 2층
이메일 info@sohnmina.com
홈페이지 www.sohnmina.com
인스타그램 @minaminita1202
유튜브 손미나

ⓒ 손미나 2023
ISBN 979-11-982620-0-4 03810

괜찮아,
그 길 끝에 행복이 기다릴 거야

Camino de Santiago

손
미
나
　
지
음

곰을라
캄파니

어느 날,
그 길이 나를 불렀다

죽기 전에 꼭 한 번은 '산티아고 길'에 가봐야지 했다. 어떤 이유로 그런 결심을 했는지 구체적인 계기는 기억할 수 없다. '언제 누구랑 가고 싶다'와 같은 흔한 바람도 없는 꽤나 막연한, 계획 아닌 계획이었다. 그러나 왠지 꼭 가게 될 거라는 육감이 있었다. 조금 거창하게는 잠시 멈추고 지나온 삶을 돌아봐야 할 시점 같은 게 오면, 혹은 깊은 내면에 있는 나 자신과의 조우를 위해 일생에 한 번쯤은 순례자가 되어 봐야 하지 않을까라는 생각을 갖고 있었다.

스페인과 깊은 인연을 맺은 덕에 한국인에게 산티아고 길이 낯설었던 때부터 그 존재를 알았고, '순례길 걷기'는 상당히 오래전부터 '언젠가는'이라는 단어와 함께 '버킷리스트'에 올라 있었다. 방송국 시절에는 제약이 많았지만 이후엔 '인생의 시간과 공간을 내 의지대로 디자인할 수 있는 삶'을 거머쥔 덕에 원하면 언제든 갈 수 있었다. 더구나 여행이 직업의 일부가 되지 않았나! 하지만 산티아고 길 붐이 일어 너도 나도 떠나는 걸 보면서도 어쩐지 내 마음은 동하지 않았다. 처음 산티아고의 꿈을 가슴에 품은 이후 얼마나 지났을까? 십 년? 아니 적어도 이십 년 이상의 세월이 흘렀다.

누구나 느끼는 거겠지만 시간은 그야말로 쏜살같이 가버린다. 돌이켜보면 참 열심히 살았다. 멋진 일도 많았고, 쓰거나 아픈 경험들도 스쳐 지나갔다. 용케 잘 견뎌낸 경우도 있고, 때로는 쓰러졌다 다시 일어나기도 하면서 대부분의 사람들처럼 아쉬움과 후회가 적당히 섞인 인생 그림을 그리며 살았다.

완벽함과는 거리가 멀지만 다행히도 지금까지의 내 작품이 싫지 않은 중년이 되었다. 흉터마저도 내 삶의 일부인 것을 받아들일 만큼은 성숙해진 덕이고, 이제 웬만한 사건사고에는 큰 충격을 받지 않을 만큼 단련도 되었다.

그런데 산다는 게 결국 거기서 거기인가 보다 싶으면서도 여전히 일말의 희망 같은 걸 품고 기를 쓰다 같은 실수를 반복하는 것은 왜일까? 이유는 알 수 없지만 좀 더 초연하게 살려고 마음먹고, 또한 그렇게 할 수 있을 것 같은데 잘되지 않는다. 전

력질주하는 삶의 리듬이 몸에 밴 듯 관성적으로 달려 나가다 넘어져 상처를 입는다. 그럴 때면 그다지 유쾌하지 않은 사실 한 가지를 다시 한번 절감한다. 나이를 먹으며 외부의 충격에 무디어지고 단단해지는 면이 있음에도 일단 다치면 그 상처가 더 깊고 아프다는 것이다. 세월과 함께 회복탄력성이 떨어지는 것은 겉으로 보이는 피부뿐만이 아닌가 보다.

이런 이야기를 하는 이유는 화려해 보이는 직업을 가졌지만, 나름의 행복과 불행이 있는, 남들과 크게 다르지 않은 삶을 살고 있다는 얘기를 하고 싶어서다. 어쩌다 보니 방송에 얼굴을 비추고 비행기를 버스처럼 타고 다니게 되었지만 그것이 인간으로서의 고뇌와 인생의 우여곡절을 피해가는 프리패스가 되지는 않는다.

KBS에 사표를 낸 후 나의 개인적인 삶과 새롭게 열린 커리어의 세상은 꽤 치열했다. 스스로 잘 챙기며 산다고 생각했지만, 어느 날 '번아웃'의 굴레에 들어가 있는 것을 알았고, 그 어두운 터널에서 빠져나오기 위해 발버둥 치고 있을 때 코로나19 팬데믹이 우리 삶을 덮쳤다.

여행이 직업이고 대중을 상대로 말하는 게 생업인데다 혼자 사는 사람인지라, 타인과 대면할 수 없고 입을 가리고 발이 묶인 채 머물러 있어야 하는 현실은 상당히 암울한 것이었다. 그 어느 때보다 지혜로운 사람들과 머리를 맞대고, 사랑하는 이들의 어깨에 기대고 싶은 시기였지만 우리는 서로를 멀리해야만 했다. 보이지 않는 바이러스의 공포와 이 상황이 언제 끝날지 모른다는 불안감은 참으로 몹쓸 것이었다.

　전대미문의 사건을 맞아 고독하고 가슴 아픈 시간을 보내며 나는 세 가지 중요한 사실을 깨달았다. 첫째, 인간은 절대 혼자 살 수 없는 동물이다. 타인과 교류하고 다른 인간이나 생명체와 연결되는 것은 매우 중요하다. 둘째, 우리 영혼의 충만감과 평화로움을 위해 자연만큼 훌륭한 위로를 줄 수 있는 존재는 없다. 셋째, 누군가에게 도움이 되거나 꼭 필요한 사람이 되는 것은 행복의 필수조건이다. 무엇을 가지고 있든 얼마나 세속적인 성공을 이루었든 간에, 세상 아무도 나를 필요로 하거나 원하지 않는다면 그만큼 불행한 삶이란 없으며 반대로 무언가 좀 부족해도 존재의 가치를 인정받을 때 인간은 최고의 행복을 느낄 수 있다고 믿는다. 그리하여 나는 바이러스의 공포 속에 몸 사리고 살았던 지난 시간 동안 이렇게 결심하게 되었다.

　'끔찍한 코로나 시대가 마감되는 대로 가방을 싸 들고 자연의 품속으로 떠날 것이며, 사람들과 활발한 교류를 하고 이 모든 경험으로 누군가에게 도움이 되는 일을 해야 하겠다.'

　산티아고 길을 언제 걸을 것인지는 우리의 선택이 아니고 때가 되면 그 길이 부른다는 말이 있다. 혼란스럽고 불안한 시간이 어느 정도 지나고 희망의 빛이 조금씩 보이기 시작한 지난해 봄, 내 가슴속에서 드디어 '산티아고 길'이 나를 부르는 소리가 들려왔다. 그것은 희미하고 먼 북소리 같은 것이 아닌 분명하고도 단호한 울림이었고, 나는 오랫동안 기다려온 그때가 바로 지금이라는 것을 직감으로 알 수 있었다. 덕분에 그 힘든 과정을 과연 잘 버텨낼 수 있을까 하는 일말의 두려움도 없이, 주저함이나 망설임도 없이 이끌리듯 떠나게 되었다.

세상에서 가장 아름다운 자연이 있다고 알려진 산티아고 길, 별의별 사연을 가진 사람들이 세계 각지에서 모여드는 그곳. 제2의 고향 같은 스페인이기에 더 마음이 놓였고 누구보다 자신 있게 탐험하며 진짜 경험을 할 수 있을 것이라고 확신했다. 어느새 중년이 되어버린 내가 체력적인 한계에 도전해본다는 것도 매력적이었고, 도시의 삶을 떠나 영혼에 위로를 받는 시간은 생각만으로도 설렜다.

나의 오랜 친구이자 여행 메이트인 일본인 사진작가 레이나에게 함께 가지 않겠냐고 물어봤더니 놀랍게도 그녀는 사표를 내고 나의 여행에 합류했다. 때마침 알게 된 청년 영상감독 이지환 군도 산티아고 길을 떠나는 것은 오랜 꿈이었고 어느 때보다 그 길이 전해줄 선물이 절실하다며 함께 길을 나섰다. 든든한 동지들까지 생긴 내게 후진이나 포기란 있을 수 없었다.

그렇게 해서 나이도 국적도 각자의 특기와 인생의 고민도 모두 다른, 그러나 어쩌면 비슷한 질문을 품고 있던 우리 세 사람은 2022년 5월 23일, 장장 779km에 이르는 산티아고 길 순례, 그 대장정의 출발선에 함께 서게 되었다. 여행이 끝난 후, 우리 자신과 우리 인생에 어떤 변화가 일어나게 될 것인지는 전혀 상상하지 못한 채로 말이다.

차례

Camino de Santiago

산티아고 순례길

많은 사람들이 죽기 전에 꼭 해보고 싶은 일 중 하나로 '산티아고 길Camino de Santiago' 순례를 꼽는다. 여기에서 '산티아고Santiago'는 예수의 제자 중 한 사람인 성 야고보 사도의 스페인어 이름이다. 영어로는 세인트 제임스St. James, 프랑스어로는 생 자크Saint Jacques라고 한다.

'일생에 한 번쯤은!'이라며 많은 이들이 버킷리스트에 단골 메뉴로 올리는 산티아고 순례길은 본래 성 야고보가 가톨릭의 복음을 전하려고 걸었던 길이다. 성 야고보 사후 가톨릭 신자들이 그가 걸었던 길을 따라 그의 시신이 안치된 산티아고 데 콤포스텔라Santiago de Compostela 성당을 향해 걸었는데, 이것이 현재 산티아고 순례길의 시초가 되었다.

1189년 교황 알렉산더 3세는 산티아고 데 콤포스텔라를 로마, 예루살렘과 함께 가톨릭의 성지로 지정했다. 그리고 성스러운 해(산티아고의 축일인 7월 25일이 일요일이 되는 해)에 산티아고 데 콤포스텔라에 도착하는 순례자는 그동안 지은 죄를 완전히 속죄받는다고 선포했다. 이를 계기로 12, 13세기에 순례자 수가 폭발적으로 늘었고, 그들이 지나간 길을 따라 교회가 생기고 장이 서면서 크고 작은 마을과 도시가 건설되었다.

20세기 들어서는 순례자들의 발걸음이 뜸해졌다. 그러다 1993년 유네스코가 이 길을 세계문화유산에 등재하고, 1997년 출판된 파울로 코엘료의 《연금술사》가 세계적인 밀리언 셀러가 되면서 산티아고 순례길은 다시 주목받기 시작했다. 이제는 종교적인 의미에 더해 누구나 한 번쯤 해보면 좋을 경험 혹은 최고의 트래킹 코스라는 일종의 문화 코드로 자리 잡았다.

가장 최근의 '성스러운 해'는 2021년이었는데, 팬데믹이라는 특수한 상황을 고려하여 특별히 2022년까지 연장되었다.

산티아고 순례길, 즉 산티아고 데 콤포스텔라까지 가는 길은 여러 가지가 있다. 스페인 북쪽이나 포르투갈 해안을 따라 걷는 길도 있고, 어떤 이들은 로마에서, 또 어떤 이들은 북유럽에서부터 출발하기도 한다. 그중에서 가장 많이 알려진 길은 카미노 프란세스Camino Francés, 일명 프랑스 길이다. 남 프랑스 생장 피에드포르Saint Jean Pied de Port라는 마을에서 시작해 피레네산맥을 넘은 후 스페인의 나바라Navarra, 리오하Rioja, 카스티야 이 레온Castilla y León, 그리고 갈리시아Galicia 네 개 주를 가로질러 산티아고 데 콤포스텔라까지 가는 코스다. 나 역시 이 루트를 택했다.

천년의 세월 동안 수많은 이들이 산티아고 데 콤포스텔라를 향해 걸었다.
그들이 한 걸음씩 걸음을 옮겨 만들어놓은 길을 따라 나도 걷게 될 것이다.

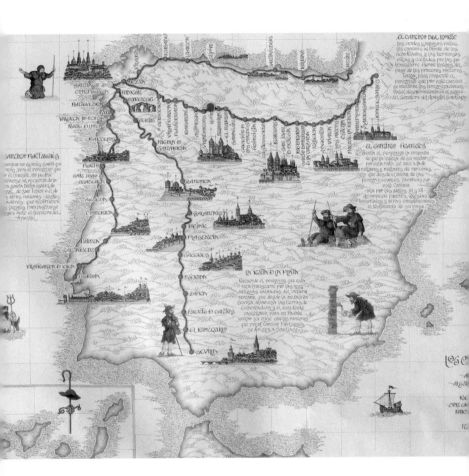

Camino de Santiago

산티아고 순례길

한 달 남짓한 여정을 함께하고 평생의 보물로 남을 '순례자 여권'과 조가비.
오랫동안 기다려온 순례길이 시작되는 순간이 왔다.

― 순례자 여권

순례길은 순례자 여권 발급으로 시작된다. 스페인어로는 크레덴시알 델 페레그리노Credencial del peregrino, 영어로는 크리덴셜Credential이라고 한다. 나는 생장의 순례자 센터에서 여권을 발급받고 첫 도장도 찍었다. 순례가 시작된 후 산티아고 길 위의 크고 작은 교회, 성당, 숙소, 식당 등에서 도장을 받을 수 있는데 생각보다 재미가 쏠쏠하다.

힘든 여정이지만 '과연 내일은 어떤 일이 나를 기다리고 있을까?' 하는 기대를 품게 만드는, 하루하루가 무엇이 들었는지 알 수 없는 선물 상자를 여는 것과 같은 산티아고 길. 매일 새로운 풍경의 자연과 마을, 아기자기한 산골 식당과 카페, 특별한 이야기를 지닌 사람들을 만나게 되는 한 달 남짓한 여정 동안 하나씩 도장을 채워가다 보면 어느 순간 순례자 여권은 이 모든 만남과 경험의 기록이 가득한 나만의 보물이 된다. 최종 목적지에 도착했을 때 인증서를 받기 위해서도 꼭 필요하다.

― 조개

예수의 제자들인 열두 명의 사도들이 복음을 전파하기 위해 사방으로 흩어졌을 때 성 야고보는 스페인 북서부 갈리시아Galicia 지방으로 향했다. 그러나 큰 성과를 거두지 못하고 예루살렘으로 돌아갔다. 그곳에서 참수형을 받고 사도로서는 첫 순교자가 되었는데, 이에 그의 제자들이 시신을 배에 실어 바다로 내보냈고, 그 배는 스페인 북서부 지방에 가 닿았다.

스페인에 도착했을 당시 성 야고보의 시신은 조개껍데기에 뒤덮여 있던 덕에 훼손되지 않았다고 한다. 이 때문에 현대에 와서 조개는 산티아고 순례길의 상징이 되었고, 순례자들이 가방이나 옷에 조개를 하나씩 달고 걷는 풍경을 흔히 볼 수 있다.

출발지에 따라 각각 다른 이름이 붙지만, 어디에서 걷기 시작하든 목적지는 단 하나, 산티아고 데 콤포스텔라 대성당이다. 어쩌면 우리의 인생도 각자의 출발지는 다르지만 인간의 유한한 삶이라는 길 위에서 같은 지점을 향해 걷는 순례와 같은 것일지도 모른다.

지금 당신은 어떤 속도로, 누구와 함께 무엇을 보며 걷고 있는가?

산티아고 길을 언제 걸을 것인지는
당신의 선택이 아니다.
그 길은, 때가 되면 당신을 부를 것이다.

1

피레네산맥

무모한
도전이었을까?

프랑스 생장 Saint Jean Pied de Port 에서 스페인 론세스바예스 Roncesvalles 까지 이어지는 피레네산맥 24.2km 구간은 800km에 이르는 산티아고 순례길 '프랑스 길' 중 첫 단계이면서 고되기로 악명이 높다. 이 코스를 마치고 순례를 포기하는 사람들도 적지 않다고 한다. 하긴 걸어서 산맥을 넘어 두 나라 사이의 국경을 가로지르는 것이 쉬울 리 없지 않나. 얼마나 힘든지 알고는 못 간다는 길, 일명 '나폴레옹 길'이라고도 불린다.

개인적으로는 끝없이 이어지는 오르막길도 힘들었지만, 무릎이 끊어질 듯했던 내리막길이야말로 죽을 맛이었던 기억이 있다. 그러나 일생을 털어 그토록 아름다운 산들을 또 볼 수 있을까? 생을 마감하는 순간에도 그날의 풍경은 뇌리를 스칠 것만 같다. 지금도 때때로 그 꿈결 같은 하늘과 산세가 눈에 선하다. 지상인지 천국인지 알 수 없을 정도의 황홀경과 고단함이 동시에 존재하던, 지난 2022년 5월의 첫 산행길을 나는 결코 잊지 못할 것이다.

생장 피에드포르

론세스바예스

Pirineos

1

순례길 첫 친구, 세실

생장은 신비로운 기운과 평화로운 공기가 가득한 마을이다. 파리에서 기차를 두 번 갈아타고 남서쪽을 향해 7시간 정도 달리면 수많은 이야기를 품고 있는 듯한 독특한 느낌의 이 마을에 도착하게 된다.

이곳에서 나는 세실Cecile이라는 이름의 프랑스 여성과 우연히 대화를 나누게 되었다. 세실은 산티아고 길을 벌써 여러 차례 완주한 경험이 있었다. 지금 생각해보면 그녀는 순례길 위에서 만난 첫 친구이자 앞으로 펼쳐질 일에 대한 예언자였다.

물론 그때의 나는 어떤 일들이 벌어지고, 어떤 사람들을 만나고, 내 안에 어떤 변화가 일게 될지에 대해 눈곱만치도 제대로 알지 못했다. 산티아고 길은 그 무엇을 상상하거나 기대하든 간에, 그것을 초월할 것이기 때문에 어느 누구도 실제로 경험하기 전에는 짐작조차 하지 못하는 게 지극히 자연스러운 일이긴 하다.

순례자 센터와 알베르게들이 모여 있는 생장의 메인 거리.
생장은 동화 속 마을처럼 예쁘면서도 신비로운 느낌의 도시이다.

은발의 커트머리에 안경을 쓴, 매우 지적인 생김새의 세실. 그녀는 다리 위를 걷고 있는 내게 다가와 이런 말을 남기고 홀 연히 사라졌다.

"이 길에는 아주 특별한 기운이 가득해요. 한 번 걷고 나면 왠지 또 가고 싶다는 열망 혹은 다시 가야만 한다는 일종의 소 명 같은 것이 가슴속에서 들려오게 되죠. 무엇보다 사람들을 다시 만나고 싶어져요. 마음이 활짝 열린 사람들 말이에요.

산티아고 길 위에서 만나는 이들과는 아주 쉽게 속 깊은 대 화를 나누게 된답니다. 자기 직업이나 가족에 대해 밝히지 않 고 왜 걷는지도 언급하지 않지만, 열린 마음으로 인생에 대해 이야기를 해요. 어떻게 그런 일이 벌어지는지는 모르겠어요. 하지만, 그게 바로 산티아고 길이 특별한 이유인 것 같아요. 마 법 같은 일이죠. 이게 무슨 말인지 곧 알게 될 겁니다."

그때는 이 말의 의미를 미처 몰랐다. 그러나 세실의 말대로 얼마 지나지 않아 내 마음을 두드리는 놀라운 만남들이 운명 처럼 다가왔다. 아마도 산티아고 길 위에서만 가능한 일일 것 이다.

순례길 위의 나의 첫 친구들. 왼쪽부터 세실, 그녀의 친구 부부, 그리고 세실의 남편.

이 길에는 아주 특별한 기운이 가득해요. 한 번 걷고 나면
왠지 또 가고 싶다는 열망 혹은 다시 가야만 한다는
소명 같은 것이 가슴속에서 들려오게 되죠.
무엇보다 사람들을 다시 만나고 싶어져요.
마음이 활짝 열린 사람들 말이에요.

2

이러다 죽는 거 아냐?

인터넷 댓글 중에 이런 대화를 보았다.

피레네산맥을 넘는 산티아고 길 첫 코스 어땠어요?

나폴레옹 길이요? 하마터면 죽을 뻔했죠. 얼마나 힘든지 알면 절대 못 갈 길이에요.

맞는 말이다. 한마디로 '이러다 꼴까닥 하고 죽는 거 아냐' 싶은 길이 나폴레옹 길이다. 19세기 초, 나폴레옹이 스페인을 침략하기 위해 12만 병사를 동원해 이 길을 정비했다 해서 나폴레옹의 이름을 땄다. 하지만 정작 나폴레옹은 발을 디딘 적도 없다는 얘기가 있다. 어쨌든 수백 년간 순례자들이 선호하는 길이었는데 그 이유는 나무가 거의 없어 도적들이 숨어 있을 가능성이 적었기 때문이라고.

산깨나 탔다는 이들도 혀를 내두르는 그 길을 어쩌자고 그 토록 호기롭게 도전했을까? 동네 뒷산으로 산보하러 간다 생 각한 건 아니지만 난이도는 상상을 초월했다. 가파른 오르막은 끝이 없고 어쩌다 내리막이 나오면 경사가 깊어 무릎을 칼로 베어내는 듯 고통스러웠다. 걸음을 뗄 때마다 전차를 옮겨 놓 는 것처럼 무겁고 힘이 달렸지만 계속 전진하는 것 외엔 다른 방법이 없어 막막하기 그지없던 하루. 분명 화살표를 따라 걸 었는데도 첩첩산중에서 길을 잃어 털썩 주저앉는 일도 있었다.

　날씨도 변화무쌍했다. 정수리 바로 위에서 이글거리는 태양 이 목덜미와 어깨에 가차 없이 화상을 입혔고 때때로 매서운 비바람이 뺨을 때렸다. 아이러니하게도 몸뚱이는 산산이 부서 질 것만 같은데 눈앞에 펼쳐지는 풍광은 갈수록 황홀함의 극 치를 달렸다. 두 발이 극한의 고통을 느끼는 동안 눈과 귀는 역 대급 호강을 하며 무아지경 속으로 빠져들고 있었으니, 웃으 면서도 눈물이 났고 동시에 벅찬 감동으로 심장이 터질 것만 같았다. 그렇게 영혼과 온몸의 세포가 깨어나 자신들의 존재 감을 알리는 사이 다리를 질질 끌다시피 하면서 프랑스와 스 페인 사이 국경을 넘었다.

　장장 12시간의 산행 끝에 스페인의 첫 마을 론세스바예스에 도착한 것은 그 작은 산골 마을과 수도원이 짙은 어둠 속에 완 전히 파묻히기 직전이었다. 솔직히 고백하자면, 그날 밤 잠자

리에 들 때는 두려움과 후회의 싹이 스멀스멀 피어올랐다.

'과연 내가 끝까지 잘 해낼 수 있을까? 당장 터질 것처럼 화끈거리고 아픈 두 발을 이끌고 내일 아침에 다시 걷는 것이 가능할까? 여기 온 건, 정말 좋은 선택이었을까?'

그러나 순례를 마친 지금 내가 위의 인터넷 질문에 댓글을 단다면 이렇게 적을 것이다.

피레네산맥을 넘는 산티아고 길 첫 코스 어땠어요?

나폴레옹 길이요? 다시없을 힘든 산행이었죠. 하지만 그걸 안 봤으면 어쩔 뻔했나 싶어요. 그날은 다리가 아파 울었는데 이제는 그곳에서 본 구름과 산들을 떠올리며 감동과 그리움에 눈물이 핑 돌아요. 만약 다시 선택한다 해도 나폴레옹 길을 걸을 거예요. 그토록 신비한 자연의 모습을 본다는 건 인간이 지구상에서 할 수 있는 가장 놀라운 경험일 테니까요.

3

오르막 또 오르막

안개 속에서 피어나는 꽃봉오리처럼 아침을 맞는 생장에서 쌀쌀한 기운을 느끼며 잠에서 깼다. 기대와 설렘, 호기심, 막연한 두려움까지 여러 감정이 뒤섞인 상태로 오랫동안 꿈꿔왔던 모험 속에 뛰어드는 순간이었다.

핑크빛 햇살이 수채화마냥 번진 하늘, 시간이 멈춘 듯한 착각에 빠져들게 하는 오묘한 도시 생장을 벗어나 드디어 첫 등산길에 올랐다. 나름대로 일찍 길을 나섰다고 생각했는데 이미 덩치 큰 가방을 둘러메고 걷고 있는 부지런한 순례자들이 적지 않았다.

첫날이 가장 힘들다는 얘기를 수차례 들었지만 내심 자신 있었다. 그런데 호기로운 출발이 무색하게도 얼마 가지 않아 이 길이 만만하지 않다는 것을 이내 실감했다.

첫걸음을 뗀 후 얼마나 지났을까? 경사가 꽤 심한 오르막이 쉼 없이 이어졌다. 무슨 일이든 강약이 있으면 좀 수월해지는

말 그대로 극한체험이었지만 풍경만큼은 형언하기 어려울 정도로 아름다웠던,
피레네의 나폴레옹 길!

법인데, 도대체 언제 끝날지 모르는 오르막을 수 킬로미터나 연속으로 걷자니 누군가에게 정신없이 두들겨 맞는 기분이 들었다. 도저히 더 이상 전진할 수 없어 길 한편에 철퍼덕 주저앉아 배낭 안에 들어 있던 크루아상과 에너지바를 꺼내 입에 물었다. 이미 다리가 풀린 것만 같은데 여기는 어디고, 얼마나 온 것일까? 괜찮냐는 일행의 질문에 대답인지 넋두리인지 알 수 없는 말이 입에서 흘러나왔다.

"어쩌면 이렇게 줄곧 오르막일 수가 있지? 풍경이 너무 예뻐서 힘들다고 느낄 틈도 없긴 한데, 중간에 한 번씩 '현타'가 오긴 한다. 내가 왜 걷는 거지? 뭘 얻어 갈 수 있을까? 나라는 사람, 이 나이가 되고 보니 버리고 비울 게 많겠구나 싶다. 많이 버리고 많이 비우고 갈 수 있으면 많이 얻는 게 되겠지. 그나저나 여기가 5km 지점이라고? 이제 겨우 5km? 벌써 이렇게 힘든데, 오늘 20km를 더 가야 하고 앞으로 총 800km를 걸어야 하는 거잖아? 어머나…."

물론 중간에 그만둔다 해도 아무도 뭐라고 할 사람은 없지만, 나 자신과의 약속을 생각하면 포기할 수 없는 일이었다. 수많은 갈림길에서 어떤 곳으로 향할 것인지, 힘들어도 버텨낼 것인지 그냥 다 놓아버릴 것인지, 아픈 다리에 더 신경을 쓸 것인지 아름다운 풍경과 새소리에 집중할 것인지, 목적지에 도 달하는 일에 집착할 것인지 그저 순간의 과정을 즐길 것인지. 이 모든 것은 인생을 살아갈 때 마주하는 수많은 도전이나 사 건들 앞에서 그래 온 것처럼 오롯이 나의 선택이었고, 그에 따 라 완전히 다른 길을 걷게 될 터였다.

'중도 포기 없이 잘 해낼 수 있을까?'와 같이 나 자신을 의심 하는 마음의 불씨를 살려두기엔 너무 이른 시점이었다. '버림' 이나 '비움'과 같은 큰 선물들은 쉽게 주어질 리 없다. 잠시 바 람에 땀을 식힌 나는 이미 천근만근이 된 몸을 일으켜 배낭을 메고 다시 걷기 시작했다.

☦

　　　　　　　　오르막은 그 후로도 수 킬로미터나 더 이어졌다. 그러다 한순간, 주변 풍경이 드라마틱하게 바뀌며 첫 내리막이 나타났는데 진정 고단한 산행은 그때부터가 시작 이었다. 몸은 고달팠지만 보상이 되고도 넘칠 만큼 빼어난 절 경이 시시각각 병풍처럼 펼쳐졌다. 팔베개를 하고 옆으로 누 워 있는 여인의 허리처럼 관능적인 곡선의 산들이 물결같이 이어졌고 각각의 산은 약간씩 다른 톤의 녹색을 머금으며 조화를 이루었다. 사이사이 둥지를 튼 탐스럽기 그지없는 흰 뭉게구름들은 손에 닿을 듯했고 강렬하다 못해 희뿌연 안개처럼 보이는 햇살이 공기 중에 떠다녔다.

두 번 생각할 것도 없이 태어나서 본 모든 자연의 얼굴 중 단연 최고라고 할 만한 것이었다. 노곤해진 상태로 감각이 사라지기 시작한 두 발을 움직이는 동안, 눈앞에 너무나 비현실적인 풍경이 놓여 있으니 이것이 정녕 꿈은 아닌가 싶기도 했다. 가히 비현실적이라 할 만한 아름다움 속을 비현실적으로 많이 걷다 보니 나의 의식은 점점 더 깊은 생각 속으로 빠져들었다.

"오늘의 풍경은 내가 생각했던 거랑 너무 달라. 순례길이라는 단어 때문에 더 삭막한 무언가를 상상했던 것 같아. 물론 걷는 건 힘들지만 기대했던 것보다 훨씬 푸릇푸릇하고 아름다워서 행복해진다. 내 두 발이 참 고맙네. 오늘 밤엔 두 발에 뽀뽀해줄 거야."

모든 것은 오롯이 나의 선택이다.
수많은 갈림길에서
어떤 곳으로 향할 것인지,
힘들어도 버텨낼 것인지
그냥 다 놓아버릴 것인지.

Camino de Santiago

4
___

자연의 선물

　　　　　　　피레네산맥을 넘는 산티아고 길의 첫
코스는 커다란 도전이자 선물이었다. 모든 것이 상상 밖이었
는데 그중에는 힘든 여정에 즐거움을 더해준 자연 속 동물들
과의 만남도 있었다. 사람을 경계하지 않고 다가오는 귀여운
당나귀들, 한 템포 쉬어 가고 싶을 만할 때면 나타나는 소, 양,
염소 떼들.

　그중에서도 자유롭게 들판에서 풀을 뜯고 거니는 야생마들
은 정말 근사했다. 보통의 말보다 골격이 크고 투박한 몸집에
멋들어진 갈퀴를 드리운 채 서 있는 말들은 시선을 사로잡기
에 충분했다.

　나중에 들은 얘기지만 나보다 하루 늦게 출발한 순례자들은
하늘에 닿을 듯 광활하고 높은 그 피레네산맥에서, 부슬부슬
비가 내리는 가운데 망아지가 태어나는 것을 목격하고는 감동
으로 눈물을 줄줄 흘렸다고 한다. 분명 그 가치를 따질 수 없

는, 너무나도 고귀한 자연의 선물이고 이러한 일들이 보물 찾기처럼 곳곳에 숨겨져 있는 것이 산티아고 길인 것이다.

☩

　　　　　순례길을 걷기 시작하는 순간 주어지는 또 한 가지 큰 선물은 쉼 없이 들리는 자연의 소리이다. 새소리, 벌레 소리, 빗소리, 바람 소리… 그 소리들은 도시 속 일상을 떠나 자연의 품에 안겨 혼자 걸었기에 비로소 내게 찾아온 것이었다.

특히 순례길 위의 새들은 비가 오나 해가 뜨나 예쁘게도 지저귄다. 순례자들의 고독한 길은 끝없이 들려오는 새들의 지저귐 덕분에 한 곡의 아름다운 음악이 된다.

"사람이 옆에 있으면 말을 하게 되는데 혼자 걸으니까 주변의 소리들이 엄청나게 들려온다. 그뿐이 아니야. 발자국 소리와 숨소리처럼 평소 들리지 않던 내 소리들도 들려. 이러다 보면 어느 순간 마음의 소리가 들려오겠지?"

5

가방의 무게, 인생의 무게

결코 쉽지 않았지만 더할 나위 없이 강렬한 감동으로 다가온 피레네산맥 등반. 무려 12시간에 걸쳐 산을 타는 동안 머릿속에는 수많은 생각이 피어올랐고 마음속에도 잔잔한 파도가 일었다. 극한의 도전과 힐링이 동시에 존재할 때 우리에게 얼마나 놀라운 일들이 벌어질 수 있는지를 실감할 수 있는 아주 특별한 경험이었다. 다만 너무 힘들어 아름다운 생각들 사이사이를 자꾸만 비집고 들어온 한 가지 잡념이 있기는 했다.

'가방에서 도대체 뭘 더 뺄 수 있을까? 배낭 속에 진짜 별거 없는데 너무 무겁구나. 꼭 필요한 것들만 가져온 거 맞나? 인생도 이 가방처럼 무겁게 지고 가고 있는 건 아닐는지. 그렇다면 과연 무엇을 덜어낼 수 있을까?'

순례길을 걸으며 알게 되었다.
혹시나 해서 가방에 넣었던 물건들 중에 실제로 필요한 건
별로 없다는 것을. 인생도 마찬가지일 것이다.
무게를 좀 덜어내도 아무 문제 없다.
덜어낼수록 오히려 행복의 크기는 커질 수 있다.

6

죽음의 내리막길

스페인으로 넘어가는 국경을 지나면 이내 목적지에 도착하는 줄로만 알았는데 또 하나의 큰 고비가 기다리고 있었다. 피레네산맥 나폴레옹 길을 걸어본 사람이라면 다 알고 있을 죽음의 내리막길. 이 길은 비가 내리면 출입이 금지될 정도로 위험한 길이다. 그래서 본격적인 내리막이 시작되는 지점에 조금 더 수월한 포장도로를 택해 완만한 길로 돌아갈 수도 있게 되어 있다.

그러나 죽겠네 살겠네 하면서도 여전히 모험 정신이 최고점을 찍고 있던 터라, 나는 용감하게 더 힘든 길을 택했고, 하마터면 산속에서 어둠을 맞을 뻔했다.

마음 같아서는 엉엉 울어 젖히고 싶었지만 그때의 나에겐 눈물을 쏟아낼 힘조차 없었다. 내리막의 경사는 공포감을 자아낼 정도였고, 무거운 짐까지 등에 지고 있으니 앞을 향해 걸을 때마다 무릎이 끊어질 듯한 통증이 왔다. 어쩔 줄 몰라 발을

죽음의 내리막길 끝에 있는 돌에 새겨진 문장은 'Breathe! You are ALIVE
(숨쉬어. 넌 살았어)'였다.

동동 구르던 끝에 결국은 수 킬로미터에 달하는 급경사의 깊은 숲속 내리막길을 갈지 자를 그리며 혹은 뒷걸음질로 더듬더듬 내려갈 수밖에 없었다.

때때로 시선을 멀리 움직여 보면 까마득한 발치까지도 내리막의 끝은 보이지 않았지만 계속 가는 수밖에 다른 선택의 여지가 없었다. 문득 치열하기 짝이 없는 우리의 인생은 무엇을 위한 것인가 하는 생각이 들었다.

"죽겠다 진짜. 너무 힘들어서 손에 들고 어깨에 진 건 모조리 집어던지고 싶어. 오늘 하루 걷는 과정이 인생과 닮았다는 생각이 들어. 처음엔 신나고 행복하게, 힘이 넘치게 시작하는데 중간에 예상치 못한 고비도 있고 수많은 오르막과 내리막이 있잖아. 인생에서도 이런저런 일들을 겪고 삶의 쓴맛을 보고 나면 나중에는 아무것도 소유하고 싶지 않고 다 버리고 싶어지고 말이야.

그런데 가만히 생각해보면, 인간은 이 세상에 아무것도 가지고 오지 않았고 아무것도 가져가지 않을 건데, '인생'이라고 불리는 그 중간의 시간 동안 자기가 가지고 오지도 않고 가져가지도 않을 무언가를 놓고 싸움박질을 하는 것 같아."

✞

　　　　　이제는 정말 한계치에 다다랐다고 느껴졌을 때 500m가 남았음을 알리는 표지판이 보였다. 그걸 발견한 순간 느꼈던 안도감이란. 펄쩍 뛰며 텀블링을 해도 부족할 정도로 기뻤지만 손가락 하나 까딱할 수 없었기에 희미한 미소를 머금고 겨우겨우 걸음을 뗄 뿐이었다.

　허겁지겁 저녁을 먹고 침대에 누웠더니 그제야 얼마나 발이 화끈거리고 부어 있는지 눈에 들어왔다. 나는 두 다리를 벽에 올려놓은 채 거꾸로 누워 곯아떨어졌다. 나의 산티아고 순례길의 첫 경험은 그렇게 강렬하고도 매운맛이었다.

모든 일이 가능하도록 열려 있는 곳.
무언가가 시작될 수 있는 곳.
천년의 세월이 만든 길 위에 서다.

2

나바라

바람과 별이
교차하는 곳

순례자들이 피레네산맥을 넘자마자 만나게 되는 나바라주는 스페인 북부 바스크 지방에 속하는데, 대문호인 어니스트 헤밍웨이Ernest Hemingway가 사랑하던 곳이다. 투우를 좋아했던 그는 나바라의 주도인 팜플로나Pamplona에서 대표적인 투우 축제인 산 페르민San Fermín을 즐겼고, 〈태양은 다시 떠오른다The Sun Also Rises〉를 탄생시켰다.

　나바라는 흔히들 생각하는 스페인의 이미지와는 거리가 멀다. 비도 많이 오고 날씨가 스산할 때가 잦아 쨍하는 태양 아래 빛나는 지중해를 상상하고 가면 당황할 수 있다. 그러나 바로 그러한 기후 덕분에 어디를 봐도 싱그러운 초록빛 아름다움이 존재한다. 넉넉한 품을 지닌 산과 들, 유유히 흐르는 강 사이에 그림처럼 박힌 소박한 마을들은 예나 지금이나 예술가들이 사랑해 마지않는 곳이다.

　건축물들도 언뜻 보면 북유럽의 그것처럼 각지고 차가운 느낌이다. 사람들도 다소 무뚝뚝하다. 처음엔 왜 이렇게 모두 화가 나 있을까 하는 생각이 들 정도였는데 나중에 알고 보니 표현이 거칠 뿐 인간미가 없는 사람들은 아니었다. 한마디로 나바라는 요란하게 뽐내지 않지만 남모르는 열정을 가슴에 품은 매력남 같은 곳이다.

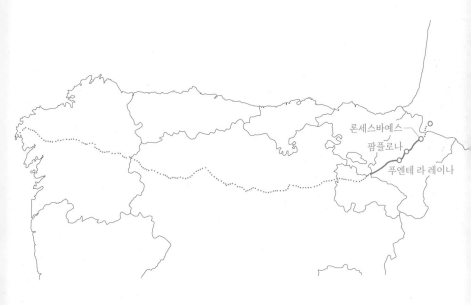

Navarra

1

론세스바예스에서 팜플로나까지

산티아고 길을 걷다 스페인 국토 안에서 가장 먼저 만나게 되는 마을은 수많은 역사 이야기와 순례자들에 관한 전설로 가득한 나바라의 론세스바예스이다. 악명 높은 산티아고 길의 첫 관문인 피레네산맥, 그 내리막 끝에 숨겨진 깊은 계곡에 다다르면 성당과 수도원 등이 한데 모여 있는 것을 발견하게 되는데 이곳이 론세스바예스이다.

론세스바예스 산타 마리아 성당Real Colegiata de Santa María de Roncesvalles에서는 매일 저녁 순례자들을 위한 미사가 열린다. 미사 중간에는 참석한 순례자들의 국가명을 일일이 언급하면서 안전하고 영적으로 충만한 순례가 되기를 빌어주는 순서도 있다. 천주교 신자들에게는 두말할 필요도 없고, 종교적 의미를 떠나 산티아고 길이 주는 선물을 받기 위해 온 모든 이에게 첫 성당의 첫 미사는 특별하다.

✠

이제 본격적으로 순례길 위의 작은 마을들이 나타날 때이다. 하루에 몇 킬로미터를 걸어야 한다는 법칙은 없지만 걸음이 유달리 빠르거나 느린 경우를 제외하면 대략 20-30km 정도를 걷는 것이 일반적이다. 그렇게 되면 매일 4-5개 정도의 마을을 거치게 되고, 그 마을들을 구경하는 것도 순례길의 큰 재미이다.

나바라에서는 론세스바예스 이후 지나갔던 곳 중에 빅토르 위고Victor Hugo와 구스타보 아돌포 베케르Gustavo Adolfo Bécker 같은 작가들이 집필을 위해 찾았던 부르게테Burguete라는 마을이 기억에 남는다.

주룩주룩 내리는 비와 왠지 잘 어우러지던 북유럽풍의 하얀 집들, 그리고 순례자들을 위해 이른 아침 노란 전등불을 밝힌 카페들에서 퍼져 나오던 커피향과 음악소리. 아기자기한 매력을 풍기는 마을들 사이에는 푸른 숲길이 이어졌고 낮은 기온과 날카로운 바람 때문에 손에 동상이 들 정도였지만 부슬부슬 내리는 안개비 속 자연이 어찌나 아름다운지 고생스럽다기보다 매우 낭만적으로 느껴지는 시간이었다.

그렇게 걷다 보면 피레네 등반 이후 약 66km 만에 처음으로

나바라가 이토록 매력적인 줄은 미처 알지 못했다. 흐린 하늘과 빗소리,
초록빛 자연과 이국적인 건물이 조화를 이루며 마음을 사로잡던 부르게테의 아침.

나타나는 큰 도시가 있는데 바로 나바라의 주도인 팜플로나 Pamplona이다. 그리고 프랑스 길 위 첫 번째 대성당인 팜플로나 대성당Catedral de Pamplona이 이곳에 있다.

* 스페인어의 Iglesia는 우리말로 '교회', Cathedral은 '성당'이라고 흔히 번역하는데, 정확한 의미는 다음과 같다. 두 단어 모두 천주교 교회를 뜻하며, Iglesia가 더 작은 단위이다. Iglesia는 한 도시 안에도 여럿 있을 수 있는데 그중에서 가장 규모가 크고 주교가 머무는 Iglesia가 바로 Cathedral 즉, 대성당이다.

2

빗속을 걷는 일

　　　　　나바라주는 전에 알던 스페인과는 또 다른 매력으로 다가왔다. 푸르고 생동감 넘치는 나바라를 통해 오랫동안 꿈꾸었던 산티아고 순례길을 조금씩 알아가는 일은 신선한 발견, 그 자체였다. 비록 비가 많이 내려 축축한 바지 때문에 몸에 한기가 들거나 진흙밭을 지나느라 엉망인 몰골로 숙소에 도착하곤 했지만 평소 알 수 없는 것들을 깨닫는 기회를 선물받았다.

　도시인들은 빗방울 몇 개만 후드득 떨어져도 지붕 있는 곳으로 달아나거나 우산을 펴 드는 일에 익숙하다. 반면 순례자에겐 비를 맞으며 걷는 것 외에 다른 선택지란 없다. 비가 내리면 빗속을 걷고, 태양이 뜨면 햇살을 맞고, 바람이 불면 온몸으로 막아내야 한다. 전진하기 위해서는 그것이 무엇이든 그저 버텨내야만 하는 것이다. 또 미끄러운 길에선 몸을 낮추고, 개울이 있으면 물에 빠질 각오로 건너는 수밖에 없다. 그저 내게 주어지는 것들을 받아들이고 시시각각 변하는 상황에 순응해야만 한다.

상황 탓, 컨디션 탓을 하다 보면 앞으로 나아가는 것도 불가능하고, 자연의 아름다움도 즐길 수 없다. 실패나 좌절이 두려워 멈추어 선다면 아무 일도 벌어지지 않고 아무것도 이룰 수 없는 우리의 삶처럼 말이다.

✞

처음엔 엄두가 나지 않았는데 빗속을 걷는 일에 적응하는 것은 의외로 오래 걸리지 않았다. 비를 맞으면 옷이 젖을 것이고 결국 춥고 불편해질 거라는 생각에 몰입되지 않도록 시야를 넓히고 '지금'에 집중하니 금세 모든 것이 달리 보였다.

'비가 내리면 맞으면 되는데, 뭐가 그리 두려웠지? 빗물에 젖는 것은 지극히 자연스러운 일이고, 복구 불가능한 일도 아니잖아? 비가 그친 다음 해가 나서 젖은 것들이 마르면 자연스레 해결되는 일이니 말이야. 그저 태양이 다시 뜨기를 기다리기만 하면 되는 거였어. 그런 거였네.'

변덕스러운 날씨를 대하는 마음을 고쳐먹으니 정수리나 어깨 위로 떨어지는 빗물의 촉감이 좋았다. 뿌연 물안개가 더해진 숲의 자태는 한층 신비로웠고, 간혹 비가 잦아드는 순간 세상은 어딘지 모르게 풋풋하고 수줍은 얼굴이 되었다. 울창한 숲속의 오솔길을 걷고 개울을 건너고 귀여운 동물을 만나기도 하면서 공기 중에 가득한 초록 내음을 폐 끝까지 들이마셨다. 그러다 보면 훌륭한 오케스트라의 연주를 들었을 때처럼 진한 전율이 왔다. 마치 하늘이 나에게 다정하게 속삭이는 것만 같았다.

'어서 와. 너와 친해져서 기뻐. 기억하렴. 우리는 함께란다.'

비를 맞으면 추울 줄 알았는데 젖은 몸에 햇빛이 와 닿을 때의 포근함은 맑은 날 못지않았다. 또 수분기를 머금은 땅은 부드럽고 폭신해 발걸음이 한결 가벼웠다. 문득, 궁금해졌다. 지금껏 살아오면서 두려움 때문에 뒷걸음질하거나 다른 길로 돌아가게 만든 인생의 폭우는 어떤 게 있었더라? 피하는 대신 빗속으로 나를 던졌더라면 차라리 더 좋았을 일들도 있지 않을까? 그리하여 흠뻑 젖은 후 찬란한 태양이 떠올랐을 때 그 따스함을 즐기며 새로운 마음으로 전진해 나갔더라면…. 생각이 여기에 미치자 왠지 약간은 용감해지는 기분이었다.

3

매일이 선물

　　　　　　많은 비가 오고 칼바람이 불던 어느 쌀쌀한 날의 산행 중 풍성한 잎을 드리운 나뭇가지 아래에서의 소박한 아침 식사. 판초 우의 위로 경쾌하게 떨어지는 빗방울 소리를 들으며 숙소에서 얻어 온 크루아상과 뺑오쇼콜라를 일행 숫자대로 찢었다.

　차갑게 식고 눅눅해진 빵조각이었지만 우리에겐 감지덕지한 양식이었다. 문을 연 카페 하나 없는 산속에다 비까지 내리는 와중에 배낭을 짊어지고 수십 킬로미터를 걸어야 하는데 굶는 대신 뭐라도 입에 넣을 수 있으니 감사할 수밖에.

　'보온병에 따뜻한 물을 싸 가지고 다니던 건 사치였네. 이제 보니 모든 게 과분했어. 내가 누리던 모든 것이 엄청나게 고마운 거였구나.'

비 내리는 숲속에서 눅눅해진 빵조각으로 대신하는 아침 식사.
문득 평소 내 삶을 채우고 있던 것들에 감사하는 마음이 들어 코끝이 찡했다.
감사하는 마음이 커지는 것, 이 역시 순례길이 주는 선물이었다.

✝

오후가 되면 육신은 어김없이 녹초가 되고, 발바닥엔 더 이상 감각이 없다. 그런데도 저 멀리 마을이 보이면 힘이 솟고 뜀박질하듯 빠르게 다리가 움직인다.

그 힘의 원천은 이런 것이다. 항상 그날의 목표지점이 있고 그 목표만을 생각하며 걷기 때문에 도착했을 때 큰일을 해낸 듯한 만족감이 있다. 그야말로 성공과 행복의 열쇠라는 스몰 윈스Small Wins!

늘 새로운 마을에서, 어제와는 다른 사람들을 만나게 되니 설렘과 기대감이 최고를 찍는다. 매일매일 각기 다른 맛의 초콜릿 선물을 하나씩 뜯어보는 느낌이다.

게다가 극한의 아름다움이 쉼 없이 이어진다. 예쁜 풍경이 하나 나타났다 사라지면 더 예쁜 게 나오고, 그걸 지나면 더 아름다운 마을이 또 나타나고… 산티아고 길, 대단하다 정말로!

4

길 위의 생각들

순례길 위 숙소인 알베르게의 주인 중에는 산티아고 길을 걷고 난 이후 남들이 부러워하는 직장을 그만두고 알베르게를 운영하게 되었다는 사람들이 적지 않다. 나바라의 작은 마을 주비리의 알베르게 주인 역시 그런 사연이 있는 사람이었다. 체크인 절차 후 순례자 여권에 도장을 찍어주며 그녀가 물었다.

"전체 구간을 다 걸을 건가요?"
"네."

그녀의 눈이 반짝였다.

"와, 당신들, 정말 복이 많은 사람들이군요."

천년이 넘는 시간 동안 얼마나 많은 사람들이
이곳을 거쳐갔길래 이게 길이 되었을까?
그들이 뿌려놓은 생각들을 가슴으로 느끼며
이 길을 걸을 수 있길!

✞

팬데믹의 끝에서 다시 시작된 순례자들의 행렬, 그중에서 한국인 저널리스트의 방문을 흥미롭게 생각한 나바라 신문사에서 취재를 요청했다.

요즘은 어디를 가나 한국이 주목받고 있는데, 특히 산티아고 순례길 위의 한국인에게 현지인들도 관심이 많다. 스페인 인근의 유럽 국가 몇을 제외하고는 압도적으로 많은 수의 순례자가 한국이라는 먼 나라에서 온다는 것을 그들은 매우 신기하게 생각한다.

나는 순례자들이 그 길 위에서 일방적으로 무언가를 얻어온다고 생각하지 않는다. 걷는 이들도 자기의 인생 이야기를, 그 안에서 무르익는 생각을, 수많은 사연과 감정, 에너지를 그 길 위에 내려놓는다. 그것은 일종의 '작은 씨앗을 심는 과정'이며 길과 나누는 속 깊은 대화이다. 산티아고 길, 그곳에서 무엇을 얻을지도 중요하지만 내가 지나간 자리엔 무엇이 남겨질까 하는 것도 반드시 생각해보아야 하는 이유이다.

나는 과연 그 길에 무엇을 두고 왔을까? 그리고 당신은?

5
___

흰 아스파라거스와 투나

개인적으로 산티아고 순례길을 찾는 이들이 최대한 즐겼으면 하는 것이 바로 지역별 먹거리이다. 물론 전통적인 순례의 의미를 생각해 되도록 고생스럽고 배고픈 상태로 걷는 것을 선호하는 이들도 있다. 하지만 세계 각지의 수많은 이들이 다양한 이유로 찾는 현대의 산티아고 순례길은 어떻게 걸어야 한다는 고정관념에 갇힐 필요가 없다고 본다.

되도록 적은 짐을 지고 비교적 괜찮은 숙소에 자면서 잘 먹고 걷는다 해도 이 길은 이미 고생스럽다. 무엇보다 체력 소모가 대단하기 때문에 식사는 잘 챙기기를 권하고 싶다. 각 지역마다 독특한 문화와 자연경관을 자랑하는 스페인에서 산티아고 길을 걷는다는 건 지역색이 돋보이는 '시골밥상'을 매일 받아볼 수 있다는 뜻이기도 하다.

그중 첫 지역인 나바라는 다양하고 신선한 야채로 유명하

그야말로 둘이 먹다 하나가 죽어도 모를 나바라의 대표 음식 흰 아스파라거스.
우리에게 익숙한 초록 아스파라거스보다 훨씬 굵고, 부드러운 식감이 특징이다.

다. '웬 야채?'라는 생각이 들 수 있지만 한번 먹어보면 얘기가 달라진다. 특히 나바라 사람들이 너무나 자랑스러워하는 '흰 아스파라거스'를 처음 먹었을 때 나는 하마터면 자리에서 벌떡 일어날 뻔했다. 암암, 그렇고 말고, 자랑스러워할 만하다. 인정!

순례길이 워낙 칼로리를 많이 소모하는 과정이다 보니 산티아고 길 위의 식당들에서 찾아볼 수 있는 순례자 메뉴는 맛보다 양에 무게를 두고 있다. 그래서 파스타나 기름진 고기, 빵 등이 주를 이룬다. 하지만 나바라에서는 흰 아스파라거스와 붉은 피망, 아티초크와 흰콩이 곁들여진다. 아니 일부러라도 찾아서 꼭 먹어보아야 한다. 아이스크림처럼 입안에서 살살 녹는, 세상에서 가장 맛있는 야채들을 맛볼 기회를 놓치기 싫다면 말이다.

⚜

나에게는 스페인 하면 가장 먼저 생각나는 것 중에 투나Tuna가 있다. 투나는 메손Mesón이라는 일종의 전통 주점을 돌며 악기를 연주하는 대학생들을 일컫는 말로 13세기에 시작된 스페인의 전통이다. 우리로 치면 대학들의

연합 동아리 같은 것이다. 그들은 투나 활동을 하며 수집한 배
지들로 화려하게 장식한 망토를 입고 악기를 손에 든 채 무리
지어 다닌다. 술집들이 모여 있는 스페인의 거리에서 주말 저
녁이면 투나는 즉석으로 악기를 연주하며 노래를 하고, 그걸
듣는 사람들은 약간의 돈을 지불하거나 술 한 잔을 나눠준다.

학생 신분으로 마드리드에 체류하던 시절, 마요르 광장Plaza
Mayor 인근에서는 투나를 보는 일이 어렵지 않았다. 친구들과
어울려 젊은이들 특유의 불타는 주말 밤을 보내노라면 투나가
종종 우리 자리에 합석했고, 밤새 함께 노래를 부르고 기타를
치며 낭만을 빚었다.

투나를 마지막으로 본 게 언제인지 기억도 가물가물했는데
순례길을 걷던 어느 날 투나를 만났다. 즉석에서 벌어진 거리
공연, 순식간에 달아오른 분위기. 아아, 그 선율을 타고 내 청
춘의 시간 속으로 날아가 닿던 두근거림. 순례길의 또 하나의
묘미는 작은 마을 곳곳에 숨겨져 있는 깜짝 선물을 발견하는
일이로구나!

스페인 하면 떠오르는 낭만의 대명사 '투나'. 순례길 위에서 그들을 만나다니 큰 행운이었다.

6

용서의 언덕

팜플로나시를 벗어나면 힘들기로 이름난 또 한 번의 고된 산행이 기다리고 있다. 많은 이들이 겁을 주는 바람에 긴장했는데 피레네산맥 맹훈련 덕분인지 생각보다 거뜬하게 정상인 '용서의 언덕Alto de Perdón'에 올랐다. 이곳은 나폴레옹의 부대가 흔적을 없애 버린 13세기 성당에서 이름을 따온 장소로 순례자라면 반드시 거쳐갈 수밖에 없는 길목에 있다.

내 몸이 얼마나 많은 거리를 걸어낼 수 있는지에 스스로 경이로움을 느끼며 올라온 길을 돌아보았다. 소박하면서도 화려한 밀밭의 파도가 출렁이고, 그 끝자락에는 강렬한 붉은빛의 양귀비들이 바르르 몸을 떤다. 산등성이를 따라 시선을 옮기면 늘씬하게 뻗은 새하얀 풍력발전기들이 파란 하늘을 등진 채 줄지어 서서 거대한 날개를 돌리고 있다.

360도를 둘러보아도 아름답지 않은 곳이 한구석도 없다. 그 산티아고 길의 모든 순간은 고행이면서 힐링 그 자체였다.
온몸과 마음으로 전해지던 위대한 자연의 위로에 감사하던 때.

절경에 후끈거리는 발가락과 빠개질 것 같은 어깻죽지의 아픔이 잠시 사라졌다 돌아오기를 반복했다. 나는 한동안 힘차게 불어오는 바람을 온몸으로 맞으며 그곳에 앉아 있었다.

⚜

　　　　　용서의 언덕에는 과거에서 현재까지 순례자들의 모습을 형상화한 작품이 설치되어 있는데 가까이 가서 보면 이런 글귀가 새겨져 있다.

바람의 길이 별들의 길과 교차하는 곳.
Donde se cruza el camino del viento con el de las estrellas.

　바람과 별들이 교차한다는 건 어떤 의미일까? 지구의 길과 우주의 길이 교차한다면⋯ 운명적 만남? 놓쳐서는 안 될 순간? 바람과 별의 길이 교차할 정도로 광활하다면 모든 일이 가능하도록 열려 있는 곳을 뜻하는 것일 수도 있을까?
　완전히 열려 있다⋯ 그렇다면 무언가가 시작될 수 있는 곳이란 의미일 터. 선과 선이 만나면 공간이 될 수도 있고 새로운 패턴도 만들어질 수 있지. 바람에게도 별에게도 자신의 존재에 다른 의미를 부여하는 계기가 될지도 모르겠다.

'바람아, 반가워.'

별들은 이렇게 다정하게 인사해줄 것 같다. 어떤 별들은 바람에 실려 가려나? 사랑하는 별을 두고 떠나야 했던 바람은 헤어진 별이 그리울 수도 있겠다.

슬프고 아름답다.
아름다워서 슬프고, 슬프니까 아름다울 수 있는 거겠지.
그런 거겠지, 인생이란.

바람과 별이 교차하듯 많은 순례자들과 만났다 헤어졌던 용서의 언덕.
시간을 멈추고 질릴 때까지 그곳에 앉아 있고 싶었다.

7

미치도록 아름다워

길가의 꽃들조차 스페인이라는 나라를 잘 나타내주는 것 같아. 딱 봐도 자유롭잖아. 무슨 규칙이 있는 것도 아니고 아무렇게나 원하는 자리에 막 핀 것 같으면서도 어쩌면 이렇게 아름다운 조화를 이룰 수 있는지. 들꽃마저 화려하다. 소박하면서도 화려해. 황금빛 들판에 초록색 포도밭에 빨간 꽃들의 조화라니. 아, 순례길 최고의 도전은 자꾸만 발걸음을 멈추게 하는 이 기막힌 풍경이로구나!

✝

산티아고 길은 분명 중독성이 있다. 육체의 한계를 시험하는 고난의 과정이지만 두 눈으로 보면서도 믿기 힘든 아름다움에 영혼은 깊은 위로를 받고 내 자신과 그 어느 때보다 깊이 연결되는 경험을 한다.

길을 걷다 어딘가 있는 작은 마을의 교회에서 은은한 종소리가 울려올 때면 잠시 멈추어 선다. 잔잔한 물결처럼 다가오는 종소리, 머리카락을 쓰다듬는 듯 부드러운 바람과 눈앞의 풍경. 잠시도, 그 어떤 곳에서도 눈을 뗄 수가 없다. 너무너무 힘든데 당장 눈앞의 경치가 미치도록 아름다워 힘든 걸 잊고 걷는다.

발이 아프면 아플수록 자연이 주는 감동이 더 크게 다가온다. 달콤 쌉싸름한 그 느낌 때문에 또 걸어 나가고… 그러다 비현실적인 색감의 하늘 아래 은은한 황금빛을 띤 마을이 우뚝 솟아 있는 풍경이 나타나면 주책없이 울컥하며 눈물이 핑 돈다. 멈추어 서서 1분이라도 감상해야 하는 장소들이 너무나 많다.

'내가 아끼는 사람들에게 하나도 빠짐없이 다 보여주고 싶다. 이 힘든 길을 걸으며 나도 모르게 이미 다시 오는 것을 꿈꾸기 시작했다니 믿을 수가 없구나. 산티아고 길, 언젠가 꼭 다시 걸을 테다. 사랑하는 사람과 함께.'

어떻게 이리도 아름다울 수가 있을까?
너무너무 힘든데 당장 눈앞의 경치가 미치도록 아름다워
힘든 걸 잊고 걷는다.

8

새벽 산행의 매력

우리말로는 '여왕의 다리'라는 뜻을 지닌 마을, 푸엔테 라 레이나Puente la Reina. 아르가Arga강을 건너야 하는 순례자들을 위해 11세기에 세워진 다리에서 마을 이름이 유래했다. 프랑스 길과 아라곤 길이 만나 하나로 합해지는 지점이자 과거 순례자들을 위한 병원이 있었기에 순례길 위에서 중요한 곳이다. 여섯 개의 아치들이 떠받들고 있는 로마네스크 양식의 이 다리는 산티아고 길에서 가장 아름다운 다리로 정평이 나 있다.

✠

푸엔테 라 레이나를 기점으로 걷기의 패턴을 완전히 바꾸기로 했다. 여름의 문턱을 코앞에 둔 5월의 첫 새벽 산행의 기쁨을 맛본 푸엔테 라 레이나. 마을의 이름이 곧 이 다리의 이름이다.
일명, 여왕의 다리.

햇살은 따사로움을 넘어 견디기 힘들 만큼 고된 시간을 안겨 주었기 때문이다. 부지런을 떨지 않으면 출발이 지연되고, 조금만 늦어지면 더위 때문에 속도 내기가 힘들었다. 늦게 출발할수록 더위와 기싸움을 많이 해야 하는데 고도가 높고 그늘이 많지 않은 산티아고 길 위에선 결코 만만한 일이 아니다.

아무리 북쪽이고 봄이었지만 그곳은 태양의 나라, 스페인이었다. 하늘은 공격적인 햇볕을 쏟아붓고, 열 받은 대지가 성난 황소처럼 뜨거운 기운을 뿜어내는 가운데 무거운 배낭을 메고 걷다 보면 누구나 쉽사리 지치게 된다. 자연스럽게 걸음은 느려지고 쉬어 가는 횟수가 늘게 되며 결과적으로 다음 목적지에 도착하는 시각이 늦어진다. 그렇게 되면 그 마을에서 볼거리도 놓치고, 식사 시간도 못 맞출 가능성이 높다. 무엇보다 충분히 휴식하지 못한 채 다음 날을 맞이하기 때문에 걷는 게 더 힘들어진다. 한마디로 악순환의 고리에 들어가게 되는 것이다.

순례길 위에서 매일 마주하는 수많은 도전 중에 최강자는 더위다. 다양한 날씨, 지형, 거리, 몸 컨디션 등 수많은 변수가 있지만, 더위 하나만 제치고 걸을 수 있어도 나머지는 훨씬 수월하다.

그 사실을 깨달은 우리 일행은 새벽 5시를 출발의 마지노선으로 정하고 매일 아침 4시에 하루를 시작하기로 했다. 아무리 전날 짐을 싸 두었다 해도 기본적인 세안과 이 닦기 등도 해야 하고, 물집 방지 크림을 바르고 양말 두 켤레를 순서대로 신는 정성스러운 과정도 거쳐야 하고, 밤새 충전한 배터리들을 정리하고 나서려면 얼추 한 시간 정도는 필요했다. 그 힘든 산행을 매일 하면서 새벽 4시 기상이 웬 말인가 싶겠지만 신기하게도 그 시간이 되면 눈이 절로 떠졌고, 서울에서 늦잠을 잔 것보다 몸은 훨씬 더 개운했다.

랜턴으로 길을 밝히며 어둠 속을 걸을 때 살갗에 와 닿던 상큼한 공기의 느낌, 그것은 꽤 중독적이었다. 시골 벌레들의 잔잔한 울음소리와 서서히 자취를 감추는 새벽별들의 에스코트를 받으며 산길을 걷는 기분이란!

적막하리만치 고요한 세상 속 자연이 머금고 있는 소리는 마음을 평온하게 해주는 음악이 되었고 아침 산행은 명상 그 자체였다. 나의 내면과 온전히 마주할 수 있던 소중한 기회, 그 누구의 방해도 없이 내 마음을 바라보며 관찰할 수 있는 시간이 매일 새벽 나를 찾아왔다. 더할 나위 없이 값진 선물이었다.

오롯이 나에게 집중하며 내 자신과 나란히 어둠 속을 걷는 혼자만의 시간. 어느 누구의 방해도 없이 가슴의 소리에 귀 기울이며 몰입해 한동안 걷고 나면 절로 감탄을 자아내는 황홀한 해돋이가 본격적인 하루의 시작을 알려주곤 했다.

눈치채지 못할 만큼 서서히 스며든 아침 햇살이, 별들을 삼켜버린 연하늘색 하늘 위에 분홍 주황 다홍 보라 황금빛을 섞어 뿌리며 오묘한 작품을 창조해내는 시간. 매일 아침, 깊고 푸른 산맥이 품었던 안개가 흩어지는 자리에 찬란한 태양이 차오르는 모습을 보는 것은 마치 새로운 생명의 탄생을 목격하는 일에 버금가는 감동, 그 자체였다.

그 맛을 한 번 본 이후로는 매일 동트기 전의 시간을 손꼽아 기다렸고, 다음엔 어떤 해돋이를 보게 될까 설렜고, 막상 그 순간이 오면 가슴이 터질 듯 벅차올랐다.

단언컨대, 산티아고 순례길 위에서 해돋이를 보는 일은 하루를 시작하는 최고의 방법이다.

유쾌한 아줌마, 가비

나바라를 거의 다 걸었을 때쯤, 멕시코에서 온 유쾌한 아줌마들을 만났다. 가비, 비키 그리고 코니. 요란하게 멋을 낸 그녀들은 자녀들의 학교에서 알게 된 학부모들로 이제는 누가 뭐래도 절친한 친구가 되었다. 그중 가장 활달하고 괄괄한 성격의 가비는 몇 해 전 혼자서 산티아고 길 전 구간을 다 걸었는데, 이번에는 친구 두 명과 함께 다시 찾았다.

"우리가 올해 쉰 살이 되거든. 50년이나 무탈하게 살았다는 건 정말 축하해야 할 일 아니겠어? 그래서 우리만의 방식으로 자축할 방법을 찾다가 이곳에 오게 되었지. 지난번 이 길을 걷고 멕시코에 돌아간 후로 하루도 빠짐없이 산티아고가 그리워 노스탤지어에 시달렸지 뭐야. 다시 와서 또 걸어도 너무 좋다!"

Camino de Santiago

그녀의 밝은 에너지가 주변을 화사하게 만들었다. 과연 나도 이 길을 다 걷고 나면 사무치는 그리움에 또 가방을 메고 집을 나서게 될까?

✦

당연한 얘기겠지만 하루하루 날이 갈수록 정강이와 허벅지의 근육이 뭉치고 발등과 발가락이 터질 듯 아파 수시로 멈추어 서야만 했다. 본격적인 고난의 시작이었다. 그리고 나에게는 학창 시절 추억이 있는 특별한 곳, 리오하로 걸어 들어가는 순간이 다가오고 있었다.

산티아고 길은 세 단계로 이루어져 있대.
첫 번째는 몸의 한계에 대한 도전이고,
두 번째는 정신과의 극한 싸움이고,
마지막은 앞의 두 단계를 잘 이겨낸 사람에게 주어지는 선물인데,
바로 심장이 열리는 경험이래.

너는 지금 어디쯤 있니?

3

리오하

그 길이 주는
선물

산티아고 길을 걷는 40여 일의 시간 동안 단 하루도 감동으로 다가오지 않는 풍경은 없었다. 그러한 자연의 선물은 아무리 힘들어도 계속 앞으로 나아갈 수 있게 하는 원동력이 되어주는 것이 분명했다. 사람마다 마음속에 품고 온 질문이 있고, 그것이야말로 끝까지 걸어야 하는 이유일 테지만, 과연 그 멋진 경치를 볼 수 없다 해도 그렇게 많은 사람들이 800km에 달하는 길을 완주할 수 있을지는 의문이다. 그만큼 산티아고 길의 아름다움은 위로가 되고 힘이 되었다.

피레네산맥은 하늘에 닿을 듯 높은 산들이 이어지며 만들어내는 광활한 산세가 일품이었고, 나바라는 비를 흠뻑 머금고 뿜어내는 초록빛이 장관이었다면, 리오하에서는 끝없는 포도밭과 뭉게구름들의 향연을 즐길 수 있다. 특히 파스텔 하늘 위에 흰 솜사탕을 뜯어 붙여 놓은 듯 떠 있는 구름들이 매우 인상적이었다.

리오하주는 산티아고 길이 가로지르는 스페인의 네 개 주 중에서 면적이 가장 작고, 항상 낮게 드리워 있는 구름들 덕에 더위와의 전쟁을 심하게 치르지 않아 끝에 다다랐을 때 '벌써?'라는 아쉬움이 들었던 구간이다. 그리고 스페인의 대표적인 와이너리들이 모여 있는 곳이다. 이 지역을 지날 때는 줄지어 선 울타리의 포도나무 줄기가 일제히 태양을 향해 뻗어 오르는 풍경을 자주 볼 수 있다. 순례길 곳곳에는 식수를 받아 갈 수 있는 분수나 수도꼭지가 있는데, 리오하 지역을 걷다 보면 와인이 흘러나오는 수도꼭지도 지나게 된다.

산티아고 길은 전 구간이 아름답지만 특히 리오하주를 걸을 때 눈앞에 펼쳐지던 경치들은 흡사 실사로 옮겨 놓은 풍경화 같았다. 그 속을 걸을 수 있다는 것은 분명 축복이었다.

로그로뇨

Rioja

1

추억의 로그로뇨

　　　　막 영글기 시작한 어린 포도송이와 싱그러운 초록 잎이 탐스럽게 달린 포도나무들. 이들이 온 대지를 수놓는 모습이 시야에 들어오기 시작했다면 이제 당신은 리오하주에 가까워진 것이다.

　하나둘 보이던 포도밭은 점점 더 자주 나타나는가 싶다가 어느 순간 대지를 뒤덮어 버린다. 스페인 최고 와인의 고장, 포도밭과 와이너리의 끝없는 물결, 리오하에 들어선 것이 실감 나는 순간이다.

리오하주에 들어서자마자 주도에 해당
하는 로그로뇨Logroño 땅을 밟을 수 있다. 학창 시절 아주 특별
한 추억이 있는 로그로뇨, 이곳을 걸어서 다시 오게 될 줄이야.
　지금도 산골마을에 가까운 작은 도시 로그로뇨는 마드리드
에서 가려면 교통편도 만만치 않다. 어쩌다가 그 시절에 로그
로뇨와 인연을 맺게 되었는지에는 긴 사연이 있다.
　스페인어를 배우는 학생 신분으로 마드리드에서 어학연
수를 하던 시절, 나는 일고여덟 명의 학생들이 모여 사는 허
름한 아파트에서 다시없을 즐거운 시간을 보냈다. 우리들이
살던 소박하지만 행복이 넘치는 아파트는 세르반테스Miguel
de Cervantes와 돈키호테Don Quijote의 동상이 있는 스페인 광
장Plaza de España 근처였다. 그 집에 같이 살던 친구들 중 로그
로뇨 출신들이 있었다. 같은 고향 사람이라는 공통점으로 똘
똘 뭉쳐 지내던 그들과 우연히 친해져 자연스럽게 친구들의
집에 놀러 갈 기회들이 생겼다.
　그중 두 번의 여행이 기억 속에 또렷하다. 하나는 와인의 고
장답게 매년 9월 로그로뇨에서 열리는 포도 축제 산 마떼오San
Mateo에 갔던 것이고, 또 하나는 스페인 타파스의 성지인 라우

스페인에서 가장 긴 강으로 알려진 에브로강과 오르테가 데 산 후안 다리.
에브로강은 로그로뇨를 상징하는 곳으로 여름이면 젊은이들과 가족 단위의 시민들이
강가에 모여 피크닉을 하거나 한밤의 불꽃놀이를 즐긴다. 내게도 추억의 장소이다.

렐 거리Calle Laurel에 갔던 주말여행이다.

아시아인이 드물었던 당시, 작은 시골 도시 로그로뇨에 나타난 낯선 한국 여대생에게 친절하게 다가와준 순박한 주민들. 나는 그들과 가슴 따뜻한 추억을 잔뜩 쌓았다.

그 후로 한 번도 다시 갈 일이 없었는데, 이십여 년이 흐른 후 두 발로 걸어 로그로뇨에 돌아가다니, 도착하기 전날부터 싱숭생숭해 잠이 잘 오지 않았다. 드디어 도시의 모습이 손에 잡힐 듯 시야에 들어오자 사뭇 큰 감동이 가슴으로 마구 밀려들었다.

그때의 그 친구들은 지금쯤 어디에서 어떻게 살고 있을까? 그들과 갔던 추억의 장소들을 나는 과연 다시 찾아갈 수 있을까? 내가 보았던 로그로뇨의 모습은 얼마나 남아 있을까? 친구들의 부모님은 여전히 이곳에 계시지 않을까?

유학시절 나에게 스페인식 우정의 진면모를 알려준 고마운 친구들의 고향 로그로뇨 그리고 리오하. 한 발씩 더 그곳을 향해 갈 때마다 가슴 깊은 곳에서, 그리고 기억 저 멀리에서 그때의 추억들이 몽글몽글 피어올랐다.

2

타파스 즐기기

　　　　　　로그로뇨 시내에 들어선 후 얼마 지나
지 않아 재미있는 벽화를 발견했다. 보는 순간 요즘 말로 빵 터
질 수밖에 없는 벽화인데 안타깝게도 그건 스페인어를 이해할
때에만 가능하다. 이곳을 지나게 될 미래의 순례자들을 위해
설명을 한번 해볼까?
　'X' 표로 알파벳 하나를 지우기 전의 문장을 먼저 해석하자
면 이렇다.

　El camino de Santiago se hace por etapas.
　산티아고 순례길은 구간별로 따라 걷는 것이다.

　그런데 'etapas'에서 알파벳 'e'를 지우게 되면 그 뜻이 완전
히 달라진다.

El camino de Santiago se hace por tapas.

산티아고 길 순례는 타파스를 먹기 위해 하는 것이다.

말 그대로 타파스Tapas의 성지인 로그로뇨에 도착했음을 알리며 슬며시 웃음 짓게 만드는 이 벽화. 로그로뇨 사람들의 타파스 사랑과 자부심을 엿볼 수 있다.

✞

순례자들은 로그로뇨에 도착하는 날 맛집에서 배를 채우겠다고 벼르고 또 벼른다. 도대체 타파스 집이 어느 정도 수준이길래 이렇게까지 호들갑을 떠나 싶겠지만, 백 년이 넘는 세월 동안 단 한 가지 시그니처 메뉴로 유명세와 인기를 지켜온 타파스의 장인들이 빼곡히 자리하고 있는 라우렐 거리에 가면 고개를 끄덕이게 될 수밖에 없을 것이다.

대를 이어가며 한자리에서 양송이버섯 구이만을 팔아온 바 앙헬Bar Angel, 앤초비와 피망을 빵 사이에 끼워 넣은 '결혼'이라는 재미있는 이름의 타파스로 잘 알려진 바 블랑코 이 네그

* 타파스는 한입에 쏙 넣어 먹을 수 있는 일종의 스페인식 안주 혹은 핑거푸드를 말한다.

로Bar Blanco y Negro, 로케포르 치즈를 얹은 등심과 아이스크림처럼 입안에서 살살 녹는 푸아그라 타파스를 자랑하는 바 도노스티Bar Donosti 등, 수십, 수백 년간 발 디딜 틈 없이 인기몰이를 해온 지상 최고의 타파스 집들이 즐비하다.

친구들과 술 한잔을 할 적에 한자리에 꾹 엉덩이 붙이고 앉아서 몇 시간씩 노는 우리와 달리 스페인에서는 한 집에서 하나 혹은 두 개 정도의 안주를 입에 쏙 넣고 다음 장소로 이동하는 타파스 바 호핑 문화를 즐긴다.

리오하에 도착했을 무렵에는 본격적으로 피로가 쌓이기 시작해 배낭을 내려놓는 즉시 그저 쉬고 싶은 마음만 굴뚝 같았다. 하지만 그곳까지 가서 라우렐 거리에 가보지 않을 수는 없었다.

그 아성에 걸맞게 평일임에도 거리는 북적였다. 소란스럽게 주문 내용을 외치며 바쁘게 움직이는 웨이터들과 지글지글 요리가 익는 소리, 글을 쓰고 있는 이 순간에도 입안에 침이 가득 고이게 만드는, 말 그대로 둘이 먹다 하나 죽어도 모를 맛의 타파스들.

이십여 년 전과 별반 다를 바 없는 라우렐 거리를 활보하며 타파스를 즐기다 보니 스무 살의 내가 떠올라 가슴이 뭉클해졌다. 서반아 문학을 공부하며 장래의 꿈을 키우던 그때의 나는 참으로 내세울 것 없는 평범한 학생이었는데 이곳의 친구들은 나를 참 따뜻하게 품어주었다. 있는 그대로의 나를 좋아하고 아껴준 사람들. 다들 잘 있겠지?

내가 이렇게 우리들의 거리에 다시 왔다 친구들아, 그것도 두 발로 걸어서! 젊은 시절 추억이 가득한, 너무나 그리웠던 로그로뇨, 정말 반가워!

3

구름들

　　　　리오하주를 지나는 동안 유독 눈에 띄었던 것은 푸짐하게 떠 있는 갖가지 모양의 구름들이었다. 리오하의 하늘에는 뭔가 특이한 지리학적 혹은 기상학적 이유가 있지 않을까 싶을 정도로 유독 구름이 많았다.

　어떤 날은 동글동글한 구름들이 유난히 낮게 드리워져 마치 땅과 맞닿을 것처럼 하늘을 가득 메우고 있고, 어떤 날은 누군가 이상적인 위치에 배치한 것처럼 독특한 구름이 완벽한 구도로 떠 있다. 때로는 너무 깨끗하고 파란 하늘이 비현실적으로 보일까 걱정한 나머지 악센트처럼 그려 넣었나 싶은 구름도 볼 수 있었다.

　붉은 대지 위 초록빛 포도나무 넝쿨들, 그 위로는 오묘한 색감의 구름들이 자리한 모습. '리오하는 이런 곳이다'라고 말해주는 듯한 풍경이었다. 미술관에 가서도 이렇게 아름다운 수채화는 찾아보기 힘들 것이다. 하루에도 몇 번씩 이런 혼잣말

이 절로 새어 나왔다.

'내가 매일매일 예술 작품 속을 걷고 있구나'

✝

그림 같은 풍경을 보며 걷노라면 마음
이 행복해졌고, 장난기와 호기심이 일었다.

'목화솜마냥 생긴 새하얀 구름들을 손가락으로 찔러보고 싶
다. 폭신할 것 같아.'
'저 구름은 솜사탕처럼 뜯어먹어 보고 싶네.'
'하하, 꼭 누군가 깨끗이 발라먹은 생선 가시 같은데?'

얼마나 강행군을 하고 있었는지를 감안하면 이런 생각이 피
어오르고 있다는 사실 자체가 매우 놀랍다. 매일 수십 킬로미
터를 걷느라 몸은 죽을 고생을 하고 있었지만 마음속에는 평
소 잠자고 있던 어린아이의 천진한 마음이 깨어나 꿈틀대기
시작했다. 분명 산티아고 길의 마법이 내게도 통하고 있다는
증거였다.

4

궂은 날씨가 고마운 날

리오하의 구름을 보고 감동하지 않는다면 심장이 죽은 사람 아닐까? 산티아고 길이 버킷리스트에 있던 건 정말 다행이었다. 그 길 위에서의 모든 순간, 이루 말할 수 없이 행복했다.

⨎

구름은 아름다울 뿐 아니라 참으로 고마운 존재였다. 앞서 언급했듯이 산티아고 길 위에서는 수많은 어려움과 마주치게 되는데 그중 결코 피해 갈 수 없는 것이 더위와의 싸움이다. 아무리 계절을 잘 선택해 간다 해도 산을 오르다 보면 태양을 피하기 힘들고 필연적으로 더위 때문에 고생을 하게 된다. 그런데 구름이 떠 있는 날들은 다르다. 햇살을 온몸으로 막아주는 구름이 있다면 걷기는 한결 수월해진다.

산티아고 길을 걷다 보면 알게 된다. 구름이, 바람이, 심지어 비가 얼마나 반갑고 고마운 존재인지를. 궂은 날씨와 같았던 내 인생의 시간들도 실은 다행스럽고 오히려 고마운 날들이었다는 사실을….

평소 잠자고 있던 어린아이의 천진한 마음이 깨어나
꿈틀대기 시작했다. 분명 산티아고 길의 마법이
내게도 통하고 있다는 증거였다.

5
———

운명 같은 만남

"미나, 미나! 와, 이거 그거 아냐?《스페
인, 너는 자유다》표지에 등장하는 소 맞지?"

앞서가던 레이나가 뒤를 돌아보면서 다소 들뜬 목소리로 물
었다. 그녀의 말을 듣고 시선을 돌려보니 정말 그곳에 내 첫 책
의 표지를 장식한 거대한 투우 입간판이 서 있었다.《스페인,
너는 자유다》표지에 쓰인 사진은 유학시절 고속도로를 달리
는 차 안에서 찍은 것이라 대형 투우 입간판 조형물을 그렇게
가까이서 보는 것은 처음이었다.
  이 투우 간판은 원래 와인과 각종 식료품을 취급하는 스페
인 회사 오스본 그룹의 광고용 입간판이었다. 1950년대에 오
스본 그룹이 헤레스의 브랜디와 셰리주를 홍보하기 위해 특별
히 디자인해 스페인 전역에 세워두었던 것이다. 그런데 정부
의 광고 관련 정책이 바뀔 때마다 위치를 옮기거나 없앴다가

Camino de Santiago

다시 세우는 등 우여곡절이 있었다. 1988년 스페인 정부가 고속도로의 입간판을 금지하는 정책을 내놓았지만 수많은 여행자들의 입을 통해 마치 스페인의 상징 조형물처럼 자리를 잡은 덕에 이 오스본 투우 간판만큼은 철거되지 않고 남아 있게 되었다. 현재는 스페인 전역에 대략 92개 정도가 있다고 하는데 이 간판도 그중 하나였다.

어쨌거나 그것은 두말할 나위 없이 기분 좋은 깜짝 선물이었다. 내 첫 책의 표지 모델이 불쑥 등장해 순례 중인 나를 반겨주다니! 소중한 추억의 장소인 리오하에서 내 인생 전환점의 상징을 우연히 만나니 어쩐지 산티아고 길이 운명 같은 사건과 인연으로 가득할 것 같은 느낌이 들었다.

산티아고 길은 매일 아침 지구의, 하늘의, 대지의 선물을 받는 일. 서쪽을 향해 걷다 문득 돌아보면 여명 속에 아름답게 밝아오는 세상이 보여. 그렇게 동이 틀 때면 내 마음에도 새로운 빛이 탄생하는 기분이었어.

Camino de Santiago

6

통증

출발 지점으로부터 200km를 달성하기 직전, 앞으로 거쳐가야 할 마을들과 거리를 가늠해보았다. 인간의 한계를 시험하기에 충분한 거리를 걸어온 것 같은데 달력을 보니 아직도 이 과정을 대략 30번 정도 더 반복해야 한다는 걸 깨달았다. 그제야 내가 얼마나 대단한 일에 도전장을 내민 것인지 실감이 났다. 어쩜 나는 이렇게도 대책 없이 용감할 수가 있는지….

왼발 통증이 심해 제대로 걷는 것이 몹시도 어려운 상황이 되었다. 언젠가 부상을 당한 적 있는 왼발 등뼈 부분에는 참기 힘든 수준의 고통이 수반되었는데, 사실 아프기 시작한 것은 왼발뿐만이 아니었다. 온몸 구석구석 성한 곳이 없었다. 과연 끝까지 포기하지 않고 잘 해낼 수 있을까?

아직도 이 과정을 30번 정도 더 반복해야 하는구나.
그제야 내가 얼마나 대단한 일에 도전장을 내민 것인지
실감이 났다. 어쩜 이렇게도 대책 없이 용감했을까?

Camino de Santiago

그 길은 네가 찾고 있는 것이 아니라
너에게 필요한 것을 줄 거야.

4

카스티야 이 레온

카미노는
마음으로 걷는 것

아름다운 포도밭과 파스텔 톤 하늘, 새하얀 뭉게구름, 이렇게 묘사할 수 있는 리오하의 그림 같은 풍경을 지나고 나면 길고도 지루한 자신과의 싸움이 필요한 구간이 시작된다. 바로 '카스티야 이 레온Castilla y León'이다.

이 주는 산티아고 순례길이 지나는 스페인 네 개 주 중 세 번째로 스페인 전체 국토 면적의 1/5을 차지할 정도로 거대한 지역이다. '카스티야 이 레온'이라는 지명은 '카스티야와 레온'이라는 뜻으로 과거 '레온 왕국'과 '카스티야 라 비에하 왕국'의 영토가 합해진 데에서 유래했다.

오랜 역사 동안 여러모로 스페인의 중심지가 되어온 만큼 주요 유적이나 흥미로운 도시들이 많은데, 그중에서 가톨릭의 엄청난 유산을 만날 수 있는 부르고스와 레온을 빼놓을 수 없다.

카스티야 이 레온은 메세타 센트랄Meseta Central이라고 불리는 광활한 내륙 고원지대에 위치해 있어 기후가 극도로 건조하다. 나무가 거의 없는, 끝없이 펼쳐진 황량한 벌판 속을 걸어야 하기에 인간의 한계를 시험하는 장이라 느껴질 정도이다. 앞선 지역들의 화려한 풍광이 사라진 후 내면과의 조우에 집중할 수 있는, 차분하고 고된 성찰의 시간을 경험하는 소중한 구간이라고도 할 수 있겠다. 당시엔 너무 힘들었지만, 장엄한 자연 앞에서 모래 먼지를 뒤집어쓰고 땀범벅이 되도록 묵묵히 걷고 또 걸었던 그 시간은 순례길의 정점이었다.

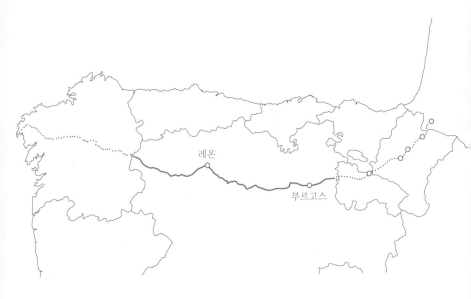

Castilla y León

1

마음의 준비

어느 순간부터 나를 둘러싼 주변의 색감이 달라지기 시작했다. 어린 초록빛의 포도밭은 모조리 자취를 감추었고 어딘지 모르게 성숙한 느낌의, 황금빛이 살짝 드리운 풀밭이 물결을 이루었다.

가끔은 그 황금빛 파도 위에 짙은 선홍색의 양귀비꽃들이 레드카펫처럼 뒤덮여 있는 것을 발견하기도 했는데 그럴 때마다 감동으로 심장이 뜨거워졌다. 하늘에서 내리는 햇빛마저 어딘지 모르게 더 중후한 느낌을 품고 있는 것 같다고 느껴진 그때 카스티야 이 레온주가 시작되는 지점임을 알리는 거대한 간판이 눈에 들어왔다.

순례 초반부터 들었던 이야기가 있었다. 순례길은 세 단계로 나뉜다는 것이다. 처음은 육체의 한계를 시험하는 시간이고, 다음은 정신과의 싸움이며 앞의 두 과정을 잘 거치고 나면 마지막에 심장이 열리는 경험을 선물받게 된다는 것이다. 카스티야 이 레온에 들어서면서 그중 두 번째 단계가 시작되고 있었다. 쉽지 않은 여정일 것이 뻔했지만 한편으로 몹시 기대되기도 했다. 과연 이곳에서의 시간은 나를 어떻게 달라지게 할까? 온 대지가 나를 향해 '지금부터의 특별한 경험을 위한 마음의 준비가 되었니?'라고 묻는 것만 같았다.

✝

들던 대로 가히 폭력적인 더위와의 싸움이 시작되었다. 피레네산맥을 시작으로 나바라, 리오하를 거치는 동안 시시각각 변화무쌍한 풍경을 눈앞에 두고 걸었던 것과는 완전히 다른 경험이었다. 온갖 말랑말랑한 감정을 다 살아나게 만드는 아름다운 풍광 대신 거칠고 메마른 대지 위의 생명력 강한 잡초들이 내 곁을 지켰고 누런 빛깔의 밀밭 속을 끝없이 걸었다. 200km를 훌쩍 넘는 길을 꾹꾹 눌러 걸어온 내 두 발과 다리는 곧 폭발하기라도 할 듯 화끈거렸다.

사막을 걷는 것과 다를 바 없기에 이따금 목을 축이는 게 중요했지만 1그램, 2그램의 무게조차 부담스러워 아침에 물병을 채울 때도 한 번 더 고민하게 되었다. 무섭도록 강한 태양 때문에 밖으로 노출되어 있는 피부는 지글지글 타들어갔다. 화상

을 입지 않기 위해 긴 소매 옷과 긴 바지, 모자에 스카프까지 장착하고 걸어야 했다.

숙소에 도착하면 빨래하고 씻고 허기를 채우느라 바빴기에 관심을 가질 여력이 미처 없었는데 어느 날 거울을 보니 온 얼굴이 얼룩덜룩 그을어 있고 두 손등은 당혹스러울 정도로 새까맣게 변해 있었다. 다 걷고 서울에 돌아와서야 알았지만 머리카락도, 심지어 속눈썹까지도 햇빛에 타버릴 정도로 하늘 가까이 있는 길을 걸은 것이다.

2

황량함마저 눈부신

카스티야 이 레온 지역에 삭막한 느낌만 있는 것은 아니었다. 우주의 모든 빛이 쏟아지고 있는 듯한 치명적인 아름다움도 존재했다. 세상 모든 것을 말려 죽일 듯 뜨거운 태양 아래 끈질기게 생명을 이어가고 있는 길가의 들꽃마저 너무 예뻐 계속 걸음을 멈추게 될 정도로.

"이 풍경을 보며 걷자니 몹시도 글을 쓰고 싶어진다. 그 글에는 이렇게 제목을 지어 붙이겠어. 황량함마저 눈부신!"

정말 그랬다. 그것은 눈이 시리도록 빛나는 황량함이었다. 그 자연의 품 안에서 나 자신에 대한 성찰은 나날이 깊어지고 묵직한 질문들도 하나둘 피어올랐다. 산티아고 순례길 위 메세타의 선물 보따리가 슬슬 풀리기 시작했다.

벨로라도에서 산 후안 데 오르테가San Juan de Ortega로 가는 길. 어김없이 새벽에 길을 나서 걷고 있는데 마치 밤새 눈이 내린 것처럼 새하얀 꽃이 핀 산등성이와 그 사이로 길고 곧게 뻗은 길이 나타났다. '황홀함이란 이런 것이다'를 그 길이 온몸으로 내게 보여주고 있었다.

3

86400의 의미

지구상에서 가장 아름다운 길 중 하나라는 산티아고 길. 그럼에도 그 길을 정말 특별하게 만드는 것은 풍경이 아닌 그곳에서 만난 사람들이었다. 놀랄 만한 인생 얘기를 풀어놓거나 생소한 직업을 갖고 있는 이들과의 만남을 통해 서서히 아침 안개가 걷히듯이 내 마음의 문도 조금씩 열리고 있었다.

산 후안 데 오르테가에서는 매우 친절한 주인이 있는 알베르게에 머물렀는데, 비교적 일찍 도착한 덕분에 여유로운 점심 식사를 할 수 있었던 운 좋은 날이었다. 숙소 앞마당에 놓인 긴 테이블에 앉아서 피자를 막 입에 넣으려는 순간 용서의 언덕에서 만나 친구가 된 미국인 사진작가 콜린이 인사를 건네왔다.

순례길 위에서는 이렇게 우연히 친구가 된 사람과 헤어져 각자의 길을 가다 다시 만나게 되는 경우가 적지 않다. 이런 우연한 만남이 이루어질 때는 참으로 반갑다. 자연스럽게 합석을 하게 되었는데 콜린과 함께 걸어온 청년의 범상치 않은 외모가 왠지 낯익었다.

"아! 이제 생각났다. 아까 아침에 걷다가 널 봤어. 네가 옆을 스치며 나를 앞서갔는데 잠깐 눈이 마주쳤을 때 정말 환한 미소를 짓더라고. 뒤에서 보니까 순례자들 중에서도 너처럼 짐이 많은 사람은 드물겠다 싶더라. 그래서 '어떻게 저렇게 많은 짐을 지고 가지? 저 상태에서도 웃을 수 있다니 대단하네.'라고 생각했어."

"하하, 그랬구나. 결국 이렇게 또다시 만났네. 반가워. 내 이름은 케인이야."

"나도 반가워. 그나저나 궁금한 게 있어. 네 팔에 엄청 근사한 문신이 많이 보이는데 그중에서 이 숫자는 무슨 의미야?"

순례길 위에서는 왠지 스스럼없이 이런 질문도 막 하게 된다. 용감해지는 경향도 있고, 사람들이 워낙 마음을 열고 있어서 어떤 질문도 편하게 받아들이기 때문이다.

"아 이거? 86400… 이걸 새길 때 내가 살았던 시간 수야. 난 인생 중 17년을 여행만 했어. 불쇼를 하는 서커스 단원이기도 엄청난 짐을 지고 가면서 너무나 환한 미소로 인사하던 푸른 눈의 아이리시 청년.
케인은 가는 곳마다 밝은 에너지를 사방에 뿌리는 특별한 재주를 가졌다.

했고, 크루즈 선박의 직원인 적도 있었고, 태권도 선수로도 활약했어. 태어난 건 아일랜드이지만 체코, 사이프러스, 몰타, 스페인에서 살았고, 크루즈를 탈 때는 중국, 대만, 태국, 베트남, 호주, 뉴질랜드, 캐리비언의 섬들과 미국, 캐나다, 중남미를 다 돌아봤지.

그러면서 느낀 게 있어. 나에게 벌어져야 할 일은 나를 지나치지 않을 거라는 거야. 내가 조바심을 내지 않아도 결국은 벌어지게 되어 있다는 거지. 과거는 이미 내가 알지만 바꿀 수 없고 미래는 알 길이 없으니 현재를 살아야 해. 그저 현재에 집중해 살면서 받아들이는 것, 그게 인생인 것 같아. 이런 걸 기억하기 위해 한 문신이야."

그러고 보니 그의 깊고 푸른 눈동자 뒤에는 생생한 인생 경험이 켜켜이 쌓여 있는 듯했다. 비교적 젊은 나이에 그런 엄청난 경험의 스펙트럼을 갖고 있는 그에게 순례길을 걷는 것은 어떤 의미인지가 궁금해졌다.

"내 인생 다음 챕터에 뭘 해야 할지를 알기 위해 걷는 것 같아. 새로운 질문을 얻을 수도 있고 답을 얻을 수도 있겠지만 뭐가 되었든 얻는 것이 있겠지? 지금으로서는 새로운 발 두 개가 필요해. 발바닥이 완전히 너덜너덜해. 하하하."

현재에 오롯이 집중하면서 다가오는 일들을 겸허히 받아들이는 것이 인생이라. 푸른 눈의 아이리시 청년의 그 말은 이후에도 머릿속을 떠나지 않고 맴돌며 나의 순례길을 함께했다.

4

해돋이

　　　　　아타푸에르카Atapuerca를 지나다 흥미
로운 동상을 발견했다. 진화가 완전히 이루어지기 전 인간의
모습을 형상화한 흉상 아래 이런 문구가 적혀 있다.

　800,000년 전에도 인간은 바로 이곳에서 아침 해가 뜨는 것을
보았다.

　카스티야 이 레온 지방의 첫 큰 도시 부르고스에 입성하기
20여 킬로미터 전쯤 지나게 되는 아타푸에르카라는 마을은 유
럽에서 가장 중요한 고고학적 유적지로, 현생 인류를 이루는
직립 보행 영장류 호미니드의 100만 년 전 흔적이 남아 있다.
그 오래전 인류가 서서 해돋이를 보았을 장소에 내가 서 있다
는 것이 자못 감격스러웠다.

Camino de Santiago

✟

어김없이 새벽에 길을 나섰는데 유난히 오묘한 해돋이를 만났던 날이 있다. 파스텔 핑크와 옅은 오렌지색, 연보라빛이 수채화 물감처럼 은은하게 하늘 가득 펼쳐진 가운데 거대한 풍력 발전 바람개비들이 돌았고, 그 모든 빛깔이 경계없이 점점 진해지다 터져 나갈 듯한 붉은색을 띠는 순간 금화처럼 둥글고 빛나는 해가 쏙 하고 고개를 내밀었다.

신비롭기 그지없던 하늘. 산티아고 길이 주는 선물 중 영원히 그리울 해돋이의 순간들이여.

Camino de Santiago

5

―――

이 길 끝에서 무엇을 얻게 될까?

메세타에 들어선 이후 비교적 평평한 길만 이어진다 싶더니 험한 돌들이 쌓인 경사진 언덕이 나타났다. 걸음을 멈추고 쉬는 이들이 많고, 자전거를 타던 사람들은 내려서 끌고 가야 하는 길이었다. 힘겹게 정상에 올랐을 때 누군가 생기 넘치는 목소리로 말을 걸어왔다.

"와, 그 커다란 카메라를 들고 어떻게 걷는 거야? 뭘 찍고 있는 건데?"

귀여운 얼굴에 밝은 미소를 띤 그녀의 얼굴에 호기심이 가득했다.

"하하 맞아. 나는 저널리스트이자 콘텐츠 크리에이터야. 다큐멘터리 제작을 위한 영상 소스들을 만들고 있는 중이야."

내 답을 듣고 한층 더 흥분한 그녀는 얼굴까지 발그래해지며 쉼 없이 말을 재잘거렸다. 이 사랑스러운 아가씨의 이름은 베로니카. 독일 출신으로 과거에도 산티아고 길을 걸은 경험이 있는데 기회가 있을 때마다 다시 와서 짧은 구간을 걷고 집으로 돌아간다고 했다. 나에게 걷는 이유를 물어보길래 버킷리스트에 있었다고 말해주자 나의 버킷리스트에 또 어떤 것들이 있는지를 물었다.

"아프리카에 다시 가고 싶고, 그리스에 살아보고 싶고, 포르투갈어를 배우고 싶어. 파타고니아 로드트립을 하고 싶고, 남극에 가서 펭귄을 보고 싶어. 당분간은 그동안 못한 여행을 해보려고. 그 시작으로 산티아고 길에 왔는데 상상했던 것보다 훨씬 힘들지만 근사하고 놀랍기도 해."

베로니카는 이번이 세 번째 순례이고 앞으로도 여러 번 더 올 거라 했다. 수차례 이 길을 반복해 걷는 사람들이 적지 않다는 사실은 여전히 놀라웠다.

"뭐가 그렇게 좋아? 아니 뭘 얻기 위해 왔는데?"
"마음의 평화를 찾고 싶다는 생각에 오긴 했는데 다 걸은 후

밝은 에너지가 넘쳤던 독일 친구 베로니카.

순례길의 동지들은 이렇게 스쳐 지나가면서 오랜 여운을 남기는 말을 던지곤 했다.

에는 카미노가 내게 남긴 열병 때문에 다시 와야만 했어. 이 길을 걷고 있을 때만큼은 다른 일 다 잊고 걷기만 하면 되잖아. 그러면서 그때그때 앞에 놓인 순간만 즐기면 되는데 그 자체가 너무 행복해서 마법에 빠진 것 같아. 그런데 이런 말을 들은 적 있어. 카미노는 네가 원하는 것을 주지 않는다, 대신 네 인생에 꼭 필요한 것을 줄 것이다. 그러니 어쩌면 뭘 원하는지는 중요하지 않을지도 몰라. 네가 뭘 원하는지를 생각하기보다는 그냥 이 길이 어떤 것을 줄지 마음 편하게 기다리면서 하루하루를 즐기는 것도 좋을 거야."

  자기가 원하는 것이 아닌 필요한 것을 준다는 산티아고 길. 이 길의 끝에서 과연 나에게는 무엇이 주어지게 될까?

카미노는 네가 원하는 것을 주지 않는대.
대신 네 인생에 꼭 필요한 것을 줄 거야.

원하는 길을 걷고 있나요?

카스티야 이 레온에 들어선 이후 고만고만한 작은 마을과 소도시들을 거치다 처음으로 만나게 되는 비교적 번화한 도시가 바로 부르고스Burgos다. 육체적 피로도 극에 달해 있고 더위도 참기 힘든 수위를 찍고 있을 때였는데 그날도 어김없이 부르고스 시내 진입을 목표로 30km 가까이 되는 길을 걸어야 했다.

생각에 열중하며 걷다 정신을 차려 보니 뭔가 좀 이상했다. 어느 순간 주변에 삭막한 공장 건물과 대형 도로들이 사방으로 펼쳐져 있었다. 큰 도시 가까이에서 아름다운 숲길까지는 기대할 수 없더라도 고속도로 위 전속력으로 달리는 자동차 옆을 걷는 것은 산티아고 길과는 거리가 먼 것일 텐데….

일단 멈추어 선 나는 땡볕 아래 눈살을 찌푸려가며 열심히 지도를 보았다. 아뿔싸! 지름길이지만 고속도로 옆 포장도로로 가는 길과 약간 돌아가더라도 흙길로 가는 길이 갈리는 지점에서 고속도로 옆길로 들어선 것이었다.

이 고생스러운 순례를 하면서 몇 킬로미터 덜 걷겠다고 시끄러운 트럭의 소음, 주변 공항의 비행기 뜨고 내리는 소리가 난무하는 공장지대 사이 아스팔트 길을 걷는다? 도무지 용납할 수 없는 일이었다. 다른 길로 가기 위해서는 30분 이상 되돌아가야 했지만 그 후로 몇 시간에 걸쳐 아름다운 길을 걸을 수 있으니 고생할 만한 가치가 있지 않을까? 결국 나는 고집스럽게 걸어온 길을 거의 반 시간에 걸쳐 되돌아가서 산길을 타고 부르고스에 도착했다.

그까짓 30분 돌아가는 게 뭐 그리 대수인가 싶을 수 있겠지만 그 당시 내 몸의 상태는 단 한 걸음도 가벼이 생각할 수 없는 수준이었기에 꽤 굳은 의지가 있어야 가능한 일이었다.

오래 걸리더라도 자연 속 아름다운 길을 즐기며 갈 것인가 아니면 속전속결을 위해 공장지대 고속도로의 소음과 먼지를 견디며 갈 것인가? 어쩌면 이것은 인생에 있어서 우리가 늘 마주하는 고민들과 닮았다는 생각이 들었다.

나는 내 인생에서 시골길을 택해 천천히 걷고 있을까? 아니면 그 반대일까? 진정 원하는 것은 숲속의 길이면서 실제로는 고속도로 위를 헤매고 있진 않은지, 이 길 위에서 내가 풀어야 하는 숙제 중의 하나임이 분명했다.

부르고스 대성당을 봤을 때의 느낌을 떠올리면 지금도 온몸에 소름이 돋는다.
경이로움 그 자체였던 성당을 첨탑에서 내려다본 모습.

7

부르고스 대성당

부르고스 시내에 들어선 순간 갑자기 딴 세상이 펼쳐졌다. 대체 얼마 만에 보는 자동차이고, 버스이고 또 어린 학생들인지. 도무지 이곳까지 걸어서 왔다는 사실이 믿기지 않았다. 서울에 온 시골쥐 같은 마음으로 거의 감각이 사라진 두 발을 이끌며 땅에 시선을 고정한 채 걷고 있는데 옆에 있던 지환이가 말했다.

"웬일이지 이게. 말도 안 돼… 작가님, 고개를 들어보세요."

장엄하고 화려한 부르고스 대성당의 존재감은 압권이었다. 저절로 걸음이 멈추었고 눈물마저 핑 돌았다. 어떻게 인간이 그 옛날에 저런 걸 세울 수 있었을까? 신과 종교에 대한 경외감, 사후세계에 대한 두려움이란 과연 얼마나 강력한 힘을 발휘하는가!

유독 힘들고 길었던 하루의 피로감은 완전히 잊은 채로 감동과 전율에 휩싸여 성당을 올려다보았다. 수많은 과거의 순례자들은 어떤 마음으로 이곳을 왔다 갔을까? 그들이 이 성당을 마주했을 때는 과연 어떤 것을 느꼈을까? 그리고 또 나는 왜 여기까지 걸어오게 된 것일까? 위엄에 찬 모습으로 우뚝 서 있는 인류의 걸작을 바라보면서 어쩌면, 산티아고 길을 걷는 이유가 특별한 해답을 찾기 위해서는 아닐 수 있겠다는 생각이 들기 시작했다.

부르고스를 떠나 도착한 첫 마을, 전 세계인들이 남겨둔 지폐로 입구를 장식한 소박한 알베르게. 모처럼 맛있는 식사가 있어 참 좋았는데 밥 잘 먹고 거리 계산을 해보니 500km 지점을 통과했다. 이날 욕실에서 거울 보고 화들짝. 얼굴살이 쪽 빠져버렸네….

8

조건 없는 사랑

　　　　　　　　과거 순례자들을 위해 숙소를 내주고, 식사를 나누어주고, 아픈 이를 치료해주는 일을 했던 것은 신부님이나 수녀님들이었다. 즉 당시의 수도원이나 교회는 지금으로 치면 병원임과 동시에 순례길 위 숙소였다고 볼 수 있다.

　카스트로헤리스Castrojeriz를 향해 가는 길목에는 이런 역할을 했던 산 안톤 수도원Monasterio de San Antón의 흔적이 남아 있는데 꽤나 흥미롭다. 일부만 남은 건물과 멋들어지게 서 있는 아치는 지나가는 이들의 걸음을 절로 멈추게 하는 유적이 되었지만, 안을 들여다보면 예전의 교회나 수도원이 하던 방식 그대로 순례자들의 자발적 기부를 통해서만 운영되는 일종의 알베르게 같은 곳이다.

　형태는 거의 사라져버렸지만 그 정신만은 여전히 유지하고 있는 산 안톤 수도원에서 자원봉사자들과 잠시 대화를 나누었다. 멀리 다른 지역에서 찾아와 아무런 대가 없이 자기 시간을

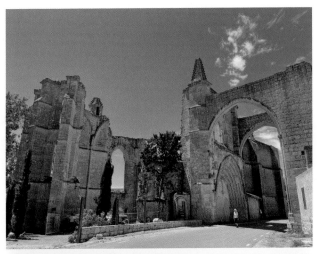

대지를 향해 빛을 뿌리는 태양의 마음으로 누군가에게 사랑을 나누어준 적이 과연 있던가.

할애해 그 불편한 곳에 머물며 자원봉사를 하고 있는 사람들. 그들은 순례길에서의 삶이란 결국 나눔이 가장 기본이기 때문에 조건 없이 나누고 베푸는 것이 당연하며 그런 사랑을 실천하는 것이 더없이 행복해 다른 보상은 필요 없다고 했다.

정말 비좁은 공동 침실과 부엌, 그 앞에 순례자들이 빨아 널어 놓은 양말이 바람에 흔들리던 풍경, 그리고 두 자원봉사자의 세상을 비추는 환한 미소. 가슴속 깊이 따스함을 느끼며 인사를 하고 돌아서는데 한 분이 이렇게 말했다.

"이제 여기서 나가 가던 길을 계속 가다 보면 아치 아래에 빈 공간이 보일 거예요. 거기가 예전 수녀님들이 순례자들을 위해 음식을 놓아 두던 곳이죠. 꼭 한 번 보고 가세요."

아치 아래에는 한눈에도 알아볼 수 있는 그 공간이 있었다. 가까이 다가가 보았더니 이제 그곳에는 음식 대신 의미심장한 글귀가 새겨진 돌들이 몇 개 놓여 있었다. 그중 내 마음에 가장 강한 울림을 준 글은 바로 이것이었다.

Después de tanto tiempo, el sol nunca le ha dicho a la tierra, 'Estás en deuda conmigo'. Imagina lo que puede hacer un amor así.

태양은 그토록 많은 따뜻함과 빛을 뿌려준 후에도 땅에게 '넌 나에게 빚졌어'라고 이야기하지 않았다. 사랑을 그런 식으로 나눈다면 얼마나 대단한 일들이 벌어질지 상상해 볼지어다.

아무 대가 없이 인류애를 베풀었던 그 시절 수녀님들의 모습이 그려졌다. '나는 누군가에게 아무 조건 없이 열렬한 사랑을 준 적이 있나? 무조건적으로 무언가를 베푼 적이 있다면 그게 언제였지? 그게 무엇이었지?' 하는 생각들이 꼬리를 물었다.

9

완전한 자유

산티아고 길을 걷고 나면 무엇이 달라
질까? 내면의 변화를 겪었다는 이부터 인생이 완전히 바뀌었
다는 이들까지 대부분의 사람들에게 분명 산티아고 길을 걷는
건 가볍지 않은 경험이다.

카스트로헤리스에서 만난 스페인 발렌시아 출신의 아티스
트 니아도 그랬다. 어림잡아 40대 후반 정도 되어 보이던 그녀
에게서는 매우 특별한 에너지가 풍겨 나왔다. 어찌 보면 산전
수전을 다 겪은 듯한 모습도 있었고, 그만큼 인생을 통달한 것
같은 분위기도 있었다.

그녀는 산티아고 길을 걷고 나서 많은 것을 소유하지 않고
도 행복하게 살 수 있다는 확신이 생겼다고 했다. 그래서 이전
에 작품의 성과에 집착하던 자신을 버리고 새로운 사람들과
새로운 삶을 살되 순례길의 리듬을 그대로 이어가고 싶어 산
티아고 길이 지나는 이 작은 마을에 새 둥지를 틀었다. 그녀가

'순례길이 우리 삶에 변화를 일으키게 되는 이유'에 대해 해준 말은 매우 인상 깊었다.

"낮에는 예술 작품을 만들고 저녁이면 무료로 제 아틀리에를 개방해 동네 사람이나 순례자들과 명상을 해요. 고향인 발렌시아를 떠나올 때 가족들은 제가 너무 극단적인 선택을 하는 것 같다며 걱정했지만 전 지금까지 눈곱만치도 후회가 없어요. 산티아고 길 덕분에 제 자신을 정말 잘 알게 된 후 내린 결정이거든요.

카미노의 아름다움은 천천히 갈 수밖에 없다는 거죠. 한 달 동안 내 몸의 리듬만을 따라 걸으면서 살아본다는 건 엄청난 기회예요. 모든 것에서 멀어질 수 있으니까요. 완전한 단절 속에서 시간을 보내는 것은 인간에게 매우 중요하다고 생각해요. 왜냐면 그렇게 해야 진짜 나 자신을 만나고, 그 진짜 내가 밖으로 나올 수 있거든요. 나이, 출신, 국가, 문화, 교육 배경 등 모든 것에서 비로소 완전히 자유로워지는 진짜 나를 만나는 것, 그건 정말 환상적인 일이랍니다."

카미노에서 중요한 것은 몇 킬로미터를 걸었느냐 하는 것이 아니다. 과연 모든 외적 요소와 내면의 갈등에서 분리된 진짜 나를 만날 수 있느냐 하는 것, 바로 그것일 테다.

산티아고 길을 경험하고 인생이 바뀐 이들에게서는 특유의 '단단한 평화로움'이
느껴지곤 했다. 니아와의 만남도 예외는 아니었다.

10

선택

　　　　　　모처럼 이른 채비를 하고 의기양양 숙
소를 나서려는데 천둥소리가 온 천지를 뒤흔들었다. 알베르게
마당 한편에는 나처럼 새벽 등반을 하려다 몸을 피하고 있는
순례자들이 보였다. 아직은 온 세상에 칠흑 같은 어둠이 깔려
있었기에 어쩌다 한 번씩 하늘을 찢는 벼락이 더 선명하게 보
였다. 그러고는 곧 다시 이어지는 천둥소리. 깊은 산중에서 뜻
밖에 맞게 된 악천후는 공포감마저 자아냈다.

　판초 우의까지 차려입었겠다, 갈 길도 멀겠다, 웬만하면 강
행해보려 했지만 쉽지 않아 보였다. 어찌할까 결정을 못 한 채
고민하고 있는데 옆자리에 앉아 있는 호주인 할머니 순례자가
말하는 게 들렸다.

"어머, 난 이런 날이 너무 좋아. 잠깐 쉬어 갈 수 있는 핑계도
되고, 힘 안 들이고 이 무슨 좋은 구경이야. 저 번개 불빛이랑

천둥소리 대단히 아름답지 않아요? 자연 속에서 한 편의 멋진 공연을 보는 것 같아."

카미노를 걸으며 체득한, 그래서 나중에도 꼭 기억해야지 생각한 것 중에 '무리하지 않고, 욕심내지 않고 주어진 상황을 받아들이거나 포기할 줄 아는 마음가짐'이 있었다. 자연, 환경, 내게 주어진 현실 그 무엇이 되었든 기본적으로 존중하는 마음이 있으면 우리 앞에 놓인 난제들이 조금은 더 부드럽게 다가온다. 잠시 멈추어 기다릴 줄 아는 이에게는 이내 다른 선택지가 보이기도 하고 예상하지 못했던 상황의 반전이 있기도 한다.

하루에도 열다섯 번쯤 날씨가 바뀌고 수시로 기온이 오르락내리락 변화무쌍한 순례길을 매일 수십 킬로미터씩 걷다 보면 복잡 다난한 상황들에 탄력적으로 대처하는 법을 배우게 된다.

이렇게 갑자기 비가 내리고 천둥번개가 칠 때 호주 할머니처럼 도리어 그것을 즐기는 기지를 발휘할 것인가 아니면 불평불만만 할 것인가 하는 것은 모두 우리의 마음가짐에 달렸듯이, 산티아고 길에서 무엇을 보고 듣고 느끼는가 하는 것도 결국 각자의 선택인 것이다. 그리고 그것은 인생에 있어서도 비슷하지 않을까?

11

내 안의 소리

하루에 한 가지씩 내 안의 질문을 꺼내어 생각해보려 해. 답을 얻겠다는 것은 아니고 내가 내 소리를 들어보려는 거야. 평소에는 그럴 기회가 없잖아. 보통은 다른 사람 이야기, 남의 집 이야기, 세상 돌아가는 이야기, 뉴스, 회사, 업무 이야기… 이런 밖의 소리만 듣는데 산티아고에 와서 좋은 건 내 소리를 듣는 데 집중할 수 있다는 거, 그런 시간이 많다는 거, 그거거든. 이건 너무 소중한 것 같아.

✝

천둥 번개 때문에 세상이 반으로 쪼개질 것만 같더니 언제 그랬냐 싶게 해가 나서 결국 땡볕 속을 걷는 하루가 찾아왔다. 한 번 적신 대지 위로 쏟아지는 햇살은 유난히 더 강한 데다 공기까지 습하니 고생깨나 하겠군 싶었는데, 걷기 시작한 이후 최고로 시원한 바람이 불어주었다. 게다가 오랜만에 하늘에 구름도 떴다.

와, 바람과 구름이 이렇게 고마울 줄이야. 태양과 여름을 좋아하는 나에게 비, 바람, 구름 같은 것들은 언제나 나의 즐거움에 훼방을 놓는 존재 같기만 했는데 산티아고 길 위에서 그들의 고마움을 배웠다.

새벽의 폭우 뒤에 찾아온 폭염, 그 속을 뚫고 높은 산을 다 오른 순간 어디선가 불어온 바람. 그 바람이 가슴을 관통하는 것만 같던 그 느낌은 결코 못 잊을 것이다.

태양과 여름을 좋아하는 나에게 비, 바람, 구름 같은 것들은
언제나 나의 즐거움에 훼방을 놓는 존재 같기만 했는데
산티아고 길 위에서 그들의 고마움을 배웠다.

12

잘나가는 스위스 은행원에서 우체부로

초반에 비해 체력도 좋아지고 발걸음도 빨라져 걷는 일에 꽤 자신이 붙기 시작한 어느 날, 뒤에서 다가온 한 남자가 "안녕." 하고 한국어로 인사를 했다. 억양이 강한 그의 발음 때문에 나는 단번에 그가 프랑스인이라는 것을 알 수 있었다.

보르도 지방 출신이라는 그의 이름은 에르베. 스위스의 투자은행에서 일하면서 꽤 많은 돈을 벌던 그는 어느 날 인간적인 행복이 결여되고 자본주의적 성공만을 키워가는 자신의 직업에 염증을 느껴 사표를 냈다고 했다. 어떻게 하면 정말로 행복할 수 있을까 고민하며 자신에게 최대한 많은 자유와 선택지를 주기 위해 집도 팔고 이런저런 경험을 해보는 중이란다.

"돈은 충분하니 자유를 위한 선택에 용기를 낼 수 있었지. 돈이 없으면 내일 어떤 일이 있을지 모르니까 두려워지잖아."

꿈을 이루기 위해 걷고 있는 사람들, 꿈을 찾아 떠나온 사람들, 새로운 꿈을 가슴에 품고 돌아가는 사람들. 순례길 위에서 꿈꾸는 영혼을 만나는 것은 그 자체로 큰 영감이 되었다.

Camino de Santiago

그의 말이 틀린 건 아니었지만 100% 동의할 수도 없었다.

"그렇기는 한데, 돈이 많다고 혹은 직장이 있다고 미래가 보장되는 것은 아닐 거야. 우리 인간은 내일 무슨 일이 있을지 알수가 없으니까. 그래서 메멘토 모리Mememto Mori라는 말도 있잖아. 죽는다는 것을 기억하라. 미래는 불분명하지만 우리 모두는 죽을 것이 확실하니 현재를 잘 살라, 뭐 이런 거 아닐까?"

"맞아. 그런 것 같아. 그래서 다른 사람이 대신해도 되는 일, 혹은 대신할 수 있는 일은 아예 하지 말라는 얘기가 있어."

역시 순례길을 걷고 있는 사람들과는 말이 잘 통했다.

"바로 그런 이유로 카미노가 아름다운 거 아닐까? 다른 사람이 대신해줄 수 없으니까. 돈이 많거나 사회적 권력이 있다고해서 누군가가 나 대신 하도록 만들 수 있는 게 아니잖아. 그래서 특별한 거지. 그나저나 좋은 직장을 그만둔 건 후회 없어?"

아무리 벌어 놓은 돈이 많다고 해도 적절한 시점에 모든 것을 내려놓는 일은 결코 쉽지 않다.

"후회한 적 없어. 사실 나는 우체부가 되고 싶었어. 은행 일

그만두고 이것저것 해봤는데 그중에서도 내 꿈은 우체부였어. 집집마다 다니면서 문 두드리고, 사람들이랑 얘기하고 커피도 마시고 그러고 싶어서 우체부 일을 시도했거든. 그런데 요즘 우체국이 너무 현대화되어서 그런 낭만이 없더라고. 이제 우체부도 하루 종일 컴퓨터 앞에만 앉아 있다니까. 그래서 그만두고 다시 고민을 해봤는데 인간적인 일을 하려면 순례길 위에서 알베르게를 운영해야겠다는 결론을 내렸어. 혼자 하고 싶진 않고 파트너가 필요할 것 같아서 나와 비슷한 생각을 갖고 있는 사람을 찾으려고 순례길을 걷고 있는 거야. 얼른 끝내고 프랑스에 돌아가서 알베르게를 어디서 하면 좋을지 정하고 일을 추진하고 싶어. 대강 어디쯤이면 좋겠다는 생각은 있지만 아직 내 거다 싶은 장소가 없네."

새로운 꿈을 이야기하는 그의 눈이 반짝였고 목소리는 확신에 차 있었다. 그의 입가에 어린 자신만만한 미소 속에 이미 그의 미래가 보였다. 꿈을 현실로 만드는 것은 모든 것을 가진 자들이 할 수 있는 일이 아니고 온 마음을 다해 간절히 꿈꾸는 자들이 해내는 일인 것이다.

"에르베, 분명히 딱 맘에 드는 곳을 찾게 될 거야. 진심으로 하고 싶은 일은 반드시 이루어지게 되어 있거든."

나의 말에 그가 미소로 화답했다. 지금쯤 에르베는 순례길 어딘가에서 손님들을 맞고 있지 않을까?

✝

　　　　　황금빛 물결 속을 걷고 또 걷는다. 금빛 햇살이 내리는 누런 밀밭이 끝없이 이어지는 길. 그 위에서 만난 사람들의 이야기가 계속 여운으로 남아 생각하고 또 생각하고… 그러다 보면 그 생각들로 물결을 이루고… .

✝

　　　　　산에 올라오면 이렇게 잠깐 서서 풍경을 감상할 여유를 갖곤 하잖아. 근데 인생을 살 때는 자기가 높이 오른 줄 모르는 것 같아. 계속 올라가려 하기만 하고 즐기지 못해. 이만하면 됐다 하고 멈추어서 자기가 있는 자리를 즐길 줄 아는 사람은 아주 드물지. 이 길이 끝난 후에도 이런 걸 기억하도록 노력하려해.

13

싱잉 인 더 레인

갑자기 손등에 뭔가 차가운 게 떨어진다 싶더니 순식간에 소나기가 내리기 시작하는 거야. 세상에나, 얼마나 행동이 민첩해졌는지 태어나서 제일 빠른 속도로 우의를 찾아 입은 기록을 세웠지 뭐야. 그랬더니 이내 아주 굵은 빗방울이 후두두 떨어졌어. 재빠른 대응을 해서 다행이다 생각하고 있는데 앞서가는 키 큰 아저씨가 나를 보고 막 비웃듯이 이렇게 말하지 않겠어?

"아니 깨끗하고 맑은 자연 속에 있으면서 비가 오면 오히려 두 팔 벌려 맞아야지 우의를 왜 입어요? 난 노래가 절로 나오네."

그러더니 아저씨는 〈싱잉 인 더 레인Singing in the Rain〉 노래를 부르면서 유유히 사라져갔어. 내심 '웃기는 사람이야. 저러다 비 쫄딱 맞고 후회할 텐데.'라고 생각했는데 어쩐 일인지 금방이라도 퍼부을 것 같던 비가 찔끔찔끔 오는 둥 마는 둥 하더니 결국 단 한 번도 시원하게 쏟아지지 않았어.

후텁지근한 날씨 속에 우의를 입고 비지땀을 흘리던 나는 결국 우의를 벗어 다시 배낭 속에 넣었지. 가방을 메면서 내가 서둘러 우의를 꺼내 입었던 곳의 하늘을 돌아 보았는데 얼마나 황당했는지 몰라.

내 정수리에 빗방울 몇 개를 떨어뜨린 먹구름이 여전히 그 자리에 있더라고. 자세히 보니 움직이지 않고 제자리에 멈추어 있는 아주 작은 구름 조각이었지 뭐야. 그제야 노래하던 아저씨의 여유만만한 얼굴이 떠올랐어. 그때 내가 당황하지 않고 차분히 하늘을 한 번 보았더라면 급하게 우의를 입을 것이 아니라 그 구름 밖으로 나오면 된다는 걸 알았을 거야.

그 사실을 깨닫게 되니까 갑자기 마음이 편해지더라. 살면서 만나는 문제들도 비슷할 테니까 말이야. 당장 큰일 난 것 같아도 정신을 똑바로 차리고 보면 맑은 하늘 아래 작은 먹구름일 뿐인 일들이 얼마나 많을까? 이 길을 다 걷고 나면 심장이 쫄깃쫄깃 강해질 수 있을 것 같아. 힘든 일이 있을 때는 꼭 오늘의 일을 떠올릴 거야.

14

잡초

        그야말로 구름 한 점 없는 하늘에 작열하는 태양. 살갗이 타들어가는 듯한 더위. 이 와중에도 강인하게 살아남아 있는 별의별 풀과 꽃, 나무들이 있구나. 그런데 나는 예쁜 꽃들보다 그 사이사이에 끼어 있는 진짜 못생긴 잡초들이 더 멋지고 기특하다. 왜냐고? 그 아이들은 불평하지 않으니까. 난 왜 이렇게 못나게 태어났지? 왜 나는 하필 이렇게 건조한 메세타 지대에 태어났지? 왜 나는 나무가 아닌 잡초인 거지? 라고 생각하지 않으니까. 자기의 선택과 상관없이 뿌리내린 자리에서 그냥 자기답게, 묵묵히, 바람에 흔들리며 반짝이는 그 모습이 참 예쁘다. 우리 인간들도 그럴 수 있다면 훨씬 더 행복할 수 있을 텐데… 안 그래?

Camino de Santiago

15

철의 십자가

철의 십자가Cruz de Ferro에 드디어 도착
했다. 순례길을 떠나는 사람이라면 한 번은 들어보았을 유명
한 장소, 짐을 최소화해야 하는 상황에도 애써 몸에 지니고 간
돌을 놓고 가는 전통이 있는 곳. 수많은 이들의 사연이 놓인 그
앞에 서니 왠지 숙연한 마음이 들었다.

나는 주머니 속에서 흰 돌 하나와 검은 돌 하나를 꺼내 들었
다. 뾰족한 마음과 상처받기 쉬운 마음을 두고 오겠다는 의미
에서 집어온 돌들. 이것들을 두고 가면 조금 더 너그럽고 강한
사람이 될 수 있을까? 이런저런 생각을 하며 두 개의 돌을 내
려놓는데, 어떤 서양 남자가 내 옆에서 십자가 한쪽 기둥에 못
질을 하다 울음을 터뜨렸다.

너무 서럽게 울어 무슨 사연인지 궁금하면서도 도저히 다가
가 말 걸어볼 용기가 나지 않았다. 다른 이들도 비슷한 마음이

었을 터. 몇몇 사람들이 지켜보는 가운데 그는 몇 번이나 울음을 터뜨렸다 감정을 추스르다 하면서 정성스럽게 사진 한 장을 십자가 위에 고정시키고는 돌무더기를 타고 내려갔다.

순례길 위에서 만나는 사람들끼리는 이름, 국적, 나이, 직업, 걷고 있는 이유 등을 전혀 몰라도 일종의 동지애 같은 것을 느끼게 된다. 울고 있는 그를 혼자 둘 수 없어 길을 떠나지 못하고 있는데 그의 주변에 사람들이 모이는 것을 보고 나도 가까이 다가갔다.

영어가 서툴렀던 독일 아저씨는 구글 번역기를 사용해서 우리에게 사연을 들려주었다. 그가 방금 못질을 해서 남긴 사진 속의 젊은 남자는 그의 둘째 아들인데 서른아홉이 되던 지난해 병으로 세상을 떠났다고 했다. 40년 전 첫 아들이 8개월 되던 때 세상을 떠났고, 둘째 아들은 그 첫 아들 대신 입양해 같은 이름을 지어주고 키웠다는 것이다. 이러한 비극적인 사연 앞에서 우리가 할 수 있는 위로가 과연 있을까? 더구나 말도 통하지 않는 그 아저씨 앞에 서서 내가 할 수 있는 일이라고는 그저 함께 우는 것뿐이었다.

그러다 이럴 땐 말이 중요하지 않겠다는 생각이 들었다. 나는 용기를 내어 아저씨에게 한번 안아드려도 되겠느냐고 손짓 발짓을 해가며 물었다. 아저씨는 내 말을 듣자마자 와락 달려들어 나와 힘껏 포옹을 했다. 그가 흐느끼는 것이 느껴져 마음

한쪽이 쓰렸다. 엉켜 있던 팔을 풀고 한 발짝 떨어져 그의 얼굴을 보니 제대로 뜨지 못할 정도로 눈이 퉁퉁 부어 있었다.

"정말로 뭐라고 위로의 말씀을 드릴 수 있는지 모르겠지만, 분명한 것은 아드님이 여전히 아저씨 마음속에 살아있다는 사실이에요. 꼭 기억하셨으면 좋겠어요."

"땡큐." 힘없는 목소리로 고맙다 말하는 그의 입가에 살며시 미소가 떠올랐다. 다행이었다.

인생이란 결국 그런 건가 보다. 누구나 가슴에 응어리 하나 정도 얹어 놓고 살아가는 것. 각자의 짐을 들고 걸어가는 것. 십자가 아래에 놓인 모든 이들의 소원이 다 이루어지길 간절히 기도하면서 다시 걸음을 옮겨 다음 마을을 향해 걷기 시작했다. 이제서야 조금 알 것도 같다. 카미노란 것이 그냥 발을 움직여 걷는 게 아니라는 것을. 카미노는 마음으로 걷는 것이다. 두 발이 아닌 하나의 마음으로.

인생이란 그런 건가 보다.
누구나 가슴에 응어리 하나 정도 얹어 놓고 살아가는 것.
각자의 짐을 들고 걸어가는 것.
십자가 아래에 놓인 모든 이들의 소원이 다 이루어지길
간절히 기도했다.

＋

　　　　　산티아고 순례길은 상상을 초월하게
힘든 과정이다. 그런데 제발 끝나지 말았으면 하는 일들도 생
겨났다. 특히 산속에서 새벽 공기 마시는 일에 나는 흠뻑 빠져
있었다. 아, 얼마나 그리울까? 이런 것들이 모여 카미노 블루
가 되는 거겠지.

　사막처럼 심한 일교차에 바람도 많이 불고 삭막하지만 그
어디보다 아름다운 일출이 있던 이곳, 카스티야 이 레온.

　아직 걷고 있는데 벌써부터 그리워지니 이를 어쩌면 좋을
까? 너무나 이상한 감정이다. 걷고 있는데 몹시 그립다. 너무
사랑하면 같이 있는데도 보고 싶은 감정과 비슷하다고 해야
할까? 자기 스스로에게 해줄 수 있는 최고의 선물, 산티아고
순례길! 이 길이 조금씩 끝을 향해 가는 게 그저 아쉽다.

Camino de Santiago

산티아고 순례길에서는

노란 화살표만 따라가면 목적지에 가 닿을 수 있다.

인생길에도 이런 화살표가 있다면, 그래서 길을 잃지 않는다면

과연 우리는 불안함을 완전히 떨칠 수 있을까?

5

갈리시아

산티아고 길은
인생을 닮았다

산티아고 순례길 프랑스 길의 마지막 구간은 스페인 북서쪽의 갈리시아주를 가로질러 걷는 것이다. 갈리시아는 이전까지의 힘든 구간을 잘 마친 이들에게 주는 선물이라는 말이 있을 정도로 비교적 수월한 코스이면서 다채로운 녹색 자연의 보고이다.

    하늘에 가 닿을 듯 키 높은 나무들이 우거진 계곡, 잔잔하게 너울대는 파도처럼 펼쳐진 산등성이들, 바르르 몸을 떠는 초록 잎사귀로 뒤덮인 나무들 사이에서는 언제라도 요정이 튀어나올 것만 같은 착각이 든다. 낮은 돌담길에 둘러싸인 아담하고 평화로운 마을들은 광활한 목초지를 끼고 있는데 일명 갈리시아 금발 황소Vaca Rubia들이 한가로이 풀을 뜯는 풍경을 흔히 볼 수 있다.

    풍광이나 식생도 이전에 지나온 지역들과 다르지만, 가옥의 건축 양식이나 생활 방식, 전통 등도 아랍의 영향을 받은 스페인의 타 지역과 달리 로마인과 켈트족의 흔적이 남아 있어 확연히 차이가 난다. 언어 역시 우리가 일반적으로 알고 있는 스페인어와 다른 가예고Gallego 즉 갈리시아 언어를 사용한다. 이러한 배경 때문에 갈리시아는 스페인 내에서도 매우 독특하고 이국적인 문화를 지닌 곳이며, 산티아고 순례길 마지막 구간을 포함하고 있어 연중 외부인들의 발길이 끊이지 않는다.

산티아고 데 콤포스텔라

트리아카스텔라

* 스페인의 공용어는 총 네 개가 있다. 카스테야노Castellano(우리가 알고 있는 스페인어로 전 국민의 90퍼센트 이상이 사용), 카탈루냐에서 사용하는 카탈란Catalán, 갈리시아 지방의 가예고 Gallego, 그리고 바스크 지방의 언어인 에우스케라Euskera이다.

Galicia

1

노란 화살표

갈리시아주에 들어선 후 만나는 첫 마을은 해발 1300m 정도에 위치한 오 세브레이로O Cebreiro. 1500년 역사의 아주 작고 예쁜 이 산골 마을은 이전에 걸었던 지역들과 완전히 다른 매력을 지니고 있는 곳이자 현대의 산티아고 순례길이 존재하는 데 결정적 영향을 미친 인물과 관련이 있다. 이곳을 기점으로 산티아고 데 콤포스텔라까지 160km 정도는 비교적 완만한 경사의 오르막과 내리막으로 이루어져 있다.

마을 입구에 들어서면 산투아리오 데 세브레이로Santuario de Cebreiro라는 작은 교회를 볼 수 있는데 순례자들의 성지 같은 곳이다. 산티아고 순례길 하면 가장 먼저 떠오르는 노란 화살표. 세계인의 뇌리에 각인되다시피 한 순례길의 노란 화살표는 어떻게 생겨난 걸까? 20세기 초 산투아리오 데 세브레이로 교회에 몸담았던 돈 엘리아스 발리냐 삼페드로Don Elías Valiña

Sampdedro라는 신부님 덕분이다.

신부님은 산티아고 순례길의 역사에 관심이 많아 논문까지 쓸 정도로 열심히 연구하셨다. 그 과정에서 이 길이 얼마나 중요한지 깊이 깨닫고 순례길을 널리 알리기로 결심하게 되었다. 그래서 자동차에 노란색 페인트를 싣고 다니며 지금의 이정표가 된 노란 화살표를 곳곳에 그리기 시작했단다. 그러니 이 신부님이 없으셨다면 오늘의 순례길은 존재하지 않거나 완전히 다른 형태를 띠고 있었을 수도 있다.

산투아리오 데 세브레이로 교회에는 노란 화살표를 그림으로써 종교의 의미를 떠나 후세의 많은 사람들에게 선물을 주신 삼페드로 신부님의 시신이 안치되어 있으며 수많은 순례자들이 이곳을 찾아 그 의미를 기린다.

✟

오 세브레이로에 도착하자마자 우선 산투아리오 데 세브레이로 교회에 들어가 초를 밝혔다. 작은 교회이지만 특별한 기운이 가득했다. 잠시 배낭을 내려놓고 앉아 교회 내부 구석구석을 바라보았다. 천년의 세월 동안 수많은 순례자들이 남겨놓은 간절한 염원과 기도가 가득한 그

곳. 너덜너덜해진 신발을 신고 몸집만 한 배낭을 멘 채 교회 안으로 들어와 제단 앞에 무릎을 꿇는 순례자들은 종종 눈시울을 적셨다.

순례를 시작하기 전에 삼페드로 신부와 이 교회에 대한 이야기를 많이 들었지만 지도상으로는 그저 까마득해 보이기만 했었다. 그런데 드디어 이곳에 입성하는 날이 오다니! 650km를 걸어왔다는 것이 자못 감격스러우면서도, 마치 이제서야 비로소 시작점을 보는 듯한 묘한 기분이 들었다. 시작은 시작인데, 앞서 650km를 걷지 않았더라면 있을 수도 없고 느낄 수도 없는 시작점에 선 것이었다.

생각이 여기에 이르자 두 손을 모으고 앉아 있던 나의 가슴속에 무어라 설명할 수 없는 뜨거움이 올라왔다. 이제 앞에 놓인 길 위에서 나에게는 과연 어떤 변화가 생기게 될까?

✠

갈리시아에 들어선 이후로 서로 다른 두 가지 소망이 마음속에 존재했다. 시간이 최대한 천천히 흘러갔으면 좋겠다 싶은 바람과 하루라도 빨리 목적지에 가 닿고 싶은 열망이 그것이었다. 최종 목적지인 산티아고 데 콤포스텔라가 목전에 있다니 조바심이 나면서도 너무 빨리 도착하면 서운할 것 같은 묘한 느낌.

처음에 길을 걷기 시작했을 때는 '산티아고에 도착한 사람들이 눈물을 흘리는 진짜 이유는 더 이상 걷지 않아도 되니 기뻐서일 거야!'라고 생각했었다. 그런데 이제는 오히려 정반대의 이유 때문이라는 것을 확실히 알 것 같다. 직접 걸어보지 않은 사람들은 이해하기 힘들겠지만 몸 구석구석 안 아픈 곳이 없는데도 걸을 수 있는 날이 얼마 남지 않았다는 사실이 몹시 아쉬웠고, 심지어 이 길이 영영 끝나지 않으면 얼마나 좋을까 하는 바람마저 품게 되었다.

아, 정녕 끝이 가까워졌다는 말인가! 얼른 도착하고 싶으면서도 멈추지 않고 계속 걷고 싶은 아이러니한 내 마음이란!

2

최고의 메이트

　　　　　　　　　갈리시아에 도착한 후 처음으로 하룻
밤을 자게 된 마을은 트리아카스텔라Triacastela라는 곳이었다.
식당이 모여 있는 메인 거리가 딱 하나여서 그동안 걸으면서
만났던 순례자들의 반가운 얼굴이 꽤 보였다.

　이곳에서 나는 아주 재미있는 두 젊은이를 알게 되었는데
바로 메이슨과 피터이다. 순례길 위에서 친구가 되어 함께 걷
고 있다는 두 사람은 그야말로 극과 극의 성향을 지니고 있었
다. 얘기를 들을수록 그렇게까지 전혀 다른 두 사람이 최고의
메이트가 되어 걷고 있는 것은 거의 기적 같은 일이다 싶었다.

　메이슨은 타이완 태생의 스무 살 정도 된 아가씨로, 텐트를
짊어지고 산티아고 길 순례를 하고 있었다. 알베르게에서 자
면서 이 길을 걷는 것도 죽을 지경이건만, 이 겁 없는 처자는
인적이 드문 산속에서 혼자 텐트를 세워 밤을 보내고, 가끔 강
이 나오면 그곳에서 샤워를 하며, 휴대전화 충전이 필요할 때

에만 공립 알베르게에서 하룻밤 신세를 진다. 어린 나이이지만 세계 각지에서 워킹 홀리데이를 경험한 그녀는 나름 뼈대 있는 교육자 집안 출신이라고 자신을 소개했다.

"가족들은 어쩌다 저런 돌연변이가 나왔느냐고 걱정이지만 제 인생은 제 것인데 주변 사람들이 갖고 있는 편견이나 기준 혹은 두려움 때문에 바꿀 수는 없지 않나요?"

그녀의 목소리에는 힘이 넘쳤고 자신의 생각을 말하는 태도는 더 이상 당찰 수 없었다. 메이슨은 절대 계획을 세우지 않고 현재의 순간을 즐기며 사는 것이 자신의 유일한 삶의 목적이자 방식이라 했다. 매 순간을 온전히 즐기고 자신에게 집중할 수 있는 산티아고 길에 와 있는 것이 너무 행복하다며 까만 두 눈을 반짝였다.

그녀와 함께 걷고 있는 벨기에 출신의 피터는 엔지니어로 일하는 청년이었다. 메이슨과는 정반대로 모든 것에 걱정이 많고 수만 가지 경우의 수를 생각한 후 그에 대비해야 직성이 풀리는 타입이었다.

800km에 달하는 순례길 전체의 모든 숙소를 예약한 것은 물론이고, 강한 햇살에 화상을 입을까 걱정되어 온몸을 빈틈 없이 가린 채 걷고 있었다. 모자, 안면 가리개, 선글라스, 스카

프, 긴 소매 옷과 긴 바지에 장갑까지 끼어서 입술과 머리카락을 빼고는 외부로 노출된 것이 없었다. 또 스틱을 휘감고 있는 가죽 천을 뒤집으면 만약의 사태에 대비한 비상 연락망이 120개나 적혀 있다고 했다.

극과 극인 두 사람은 상대방을 매우 신기하고 재미있다고 생각하면서 둘도 없는 단짝이 되어 걷고 있었다.

산티아고 길은 세상의 축소판과 같아서 별의별 사연과 성향을 가진 사람들이 다 모인다. 다만 실제 세상과 한 가지 차이점이 있다. 현실에서는 자기와 다른 누군가와 가까워지기 힘들거나 심지어 적대감을 갖게 되는 반면 여기서는 그런 게 문제되지 않는다. 나와 같은 고생을 하며 같은 목적지를 향해 걷고 있다는 사실은 제아무리 다른 인간일지라도 둘도 없는 전우애를 느끼게 해주기 때문이다. 이렇게 인간과 인간을 가까워지게 하는 게 카미노의 마법이다.

고립과 갈등, 적대화의 시대에 팬데믹까지 겹쳐 삭막하기 짝이 없게 변해버린 세상 속에서 고독함과 우울함을 느끼는 모든 인간에게 산티아고 길은 마치 '어서 와, 내가 있잖아.'라고 속삭이는 것만 같았다.

특별한 일이 벌어지지 않는다 해도, 내 삶에 극적인 변화가 일지 않는다 해도, 이 길의 품에 안겨보는 경험 그 자체만으로 충분한 가치와 보람이 있는 일이 될 것이 분명하다. 생각할수

록 이 길을 걷기로 한 것은 정말이지 잘한 선택이었다. 마음의 소리를 따라 배낭을 메고 일단 떠난 나 자신에게 말해주고 싶다.

"용기 내주어 고마워. 정말 잘 생각한 거야, 이 길을 걷기로 한 건."

3

진짜 홀로서기

　　　　　　　　새벽 산행 후 산골 카페의 야외 테라스에서 아침 식사를 하던 중 옆자리에 앉아 있는 한 무리의 유럽 청년들과 대화를 나누게 되었다. 산티아고 길을 걸으며 뭉치게 된 스페인, 덴마크, 포르투갈, 벨기에 등 다국적 친구 그룹이었는데 저마다의 사연이 재미있고 젊은 에너지가 좋아서 그들과의 이야기에 시간 가는 줄을 몰랐다.

　고등학교를 졸업하고 대학에 진학하기 전 갭이어 체험을 위해 왔다는 학생부터 직장을 바꾸는 중에 생각을 정리하러 왔다는 남자, 그리고 팬데믹 기간 동안 힘들었던 자신에게 선물을 하고 싶었다는 간호사까지 이유는 제각각이었지만 길이 주는 위로 덕분인지 모두가 그렇게 밝은 기운을 풍길 수가 없었다.

　그중에서도 얼굴 가득 환한 미소를 띠고 말없이 얌전히 앉아 있던 한 아가씨가 있었는데 눈에 띄지 않는 행동거지 때문에 하마터면 거기 있는 줄도 몰라 얘기를 나누지 못할 뻔했다.

그녀는 친구들이 한참 부추기고 나서야 말문을 열었다. 애넬린이라는 이름의 그녀는 벨기에 사람이었다.

"여기 온 이유는 두 가지 정도 있는데요, 작년에 닥치는 대로 쉬지 않고 여러 가지 공부를 했기 때문에 휴식이 필요했고요, 개인적으로 힘든 일이 있었어요. 어머니가 돌아가셨거든요."

갓 스무 살을 넘긴 듯한 아직 앳된 얼굴의 그녀. 부모의 죽음이란 언제 어떻게 닥쳐도 애석하기 마련이지만 어린 나이에는 더더욱 감당하기 힘든 일임에 분명하다. 그녀의 말에 따르면 어머니가 돌아가신 후 아버지는 남겨진 가족에게 혹시나 무슨 일이 있을까 안절부절못하고 집착을 하셨단다. 그런 상황에 변화를 주고 독립된 삶을 살기 위해 산티아고 길을 선택했다고 한다.

그런데 끝내 딸을 혼자 보낼 수 없던 애넬린의 아버지는 서로를 볼 수 없는 거리를 두고 그녀의 뒤에서 산티아고 길을 함께 걸었다. 그러다가 우리가 만나기 며칠 전, 여기 와서 직접 보니 생각보다 안전할뿐더러 이제는 너를 놓아주어야 할 때가 된 것 같다며 아버지가 집으로 돌아가셨다는 것이다.

"아빠랑 저랑 순례길 위를 함께 걷고 나서 각자의 인생길을 독립된 삶을 살기 위해 산티아고 길을 걷기로 했다는 애넬린.
우리는 포옹으로 서로를 응원했다.

Camino de Santiago

5__ 갈리시아

찾아가게 되었지만 저는 오히려 우리가 더 가까워진 거 같아요. 그리고 아빠가 제 아빠여서 너무 감사해요."

사랑스러운 미소를 머금은 채 어머니의 죽음부터 아버지와의 관계에 이르기까지의 무거운 이야기를 담담하게 풀어내는 그녀를 보고 있으려니 나도 모르게 눈물이 왈칵 쏟아졌다.

자식이 혼자서 당당히 본인의 길을 갈 수 있도록 놓아주는 일에 얼마나 큰 용기와 믿음이 필요한지를 이제는 어렴풋이 알 것 같기에, 그녀의 아버지 마음을 상상하니 감정이 요동쳤다. 그리고 철없는 나에게 무한 신뢰를 주신, 진정으로 용감했던 하늘에 계신 나의 아버지가 생각났다.

그녀와 나는 누가 먼저라 할 것도 없이 와락 부둥켜안고 한참 동안 서로의 등을 쓸어주었다. 특별한 말을 하지 않았지만 우리는 가슴으로 수많은 감정을 나누고 따뜻한 손길로 위로를 전했다. 긴 포옹이 끝난 후 애넬린은 배낭을 챙겨 길을 나섰고 나는 왠지 애틋하면서도 대견한 그녀의 뒷모습을 한동안 바라보았다.

"부엔 카미노! ¡Buen camino!"

아름다운 영혼 애넬린, 앞으로 남은 길도 잘 걸어갈 수 있기를, 어디에서 어떻게 살아가든 용기를 잃지 말고 행복하기를. 다시는 보지 못할 수도 있지만, 아니 다시 만나지 못할 가능성이 훨씬 더 높지만, 결코 잊지 못할 그녀, 우리의 대화, 그리고 인간 대 인간으로 나눈 진정 어린 우정의 포옹. 이러한 만남이 곳곳에 존재하는 산티아고 길, 카미노는 그 자체로 내게 커다란 위로가 되고 있었다.

인간과 인간을 가까워지게 하는 게 카미노의 마법이다.
고립과 갈등, 적대화의 시대에 팬데믹까지 겹쳐
삭막하기 짝이 없게 변해버린 세상 속에서
고독함과 우울함을 느끼는 모든 인간에게 산티아고 길은
마치 '어서 와, 내가 있잖아.'라고 속삭이는 것만 같았다.

4

100km 표지판

갈리시아에 들어선 이후로 시간은 더욱 쏜살같이 지나갔다. 뒷자리 숫자가 팍팍 줄어든다 싶더니 이내 111km가 남은 지점이자 인증서를 받기 위한 최소 거리의 시작점인 사리아Sarria라는 마을도 지나게 되었다. 여기서부터는 이전의 산티아고 길과 분위기가 완전히 달라진다. 수학여행을 떠나온 학생들과 같은 단체 여행객도 보이고, 사람 수도 많아져 길이 붐빌 정도다.

사리아를 지나면 순식간에 100km가 남았음을 알리는 표지판이 나타난다. 아무리 숫자에 의미를 두지 않는다 해도 800km를 목표로 걷기 시작했는데 한 발짝만 더 떼면 두 자리 숫자가 된다는 사실은 분명 특별한 것이었다. 100km를 알리는 조가비 문양 비석 앞에 서니 만감이 교차했다. 이제 정말 얼마 남지 않은 이 길은 내게 어떤 말을 해줄까?

5
___

인생에 정답이 있을까?

　　　　　　　　갈리시아의 숲길을 걷다 이 세상에 정
답이란 없다는 생각이 들었다. 어쩌면 답이 없는 걸 알면서 걷
기 시작했을 수도 있다. 답을 찾으려 한 것도 아니고 답이 필요
한 문제가 있던 것도 아니다. 오히려 답이 없다는 걸 확인하러
오지 않았을까?

　기억을 되짚어보면 모든 것의 시작은 그냥 직감에서 비롯되
었다. '걸어야 한다, 지금. 지금이 바로 걸어야 할 때다.'라는 걸
알았던 거다.

　과거 인생에서 큰 고비들이 있었을 때 나의 좋은 스승들은
걸으라고 했다. 왜 걸어야 하는지 이유는 몰랐지만 일단 걸었
다. 무조건 걸으라는 말씀을 따라 걸었더니 정답을 얻은 건 아
니라도 마음이 편안해졌다.

　그 후로 걸어야 하는 타이밍 정도는 안다. 이번이 그런 경우
였다. 내 인생을 책으로 치면 1권을 끝마치고 2권으로 넘어가

야 하는 때이고 나 자신을 믿을 수 있는 용기, 그리고 위로가 필요했던 것 같다. 그런데 산티아고 길이 그것들을 내게 주고 있다. 갈리시아의 숲에 들어선 이후로 비로소 이 길이 내게 속삭이기 시작했다.

"괜찮아, 미나. 정말 괜찮아."

✝

갈리시아의 표지판들은 다른 지역보다 훨씬 예쁘긴 한데 매번 숫자가 새겨져 있어 약간 의아한 생각이 들었다. 처음엔 그걸 보면서 몇 킬로미터 남은 게 무슨 의미가 있을까 싶었다. 하지만 이제 와 보니 어쩌면 의미가 있겠다는 생각이 든다. 왜냐면 0km가 되는 지점은 종착지가 아닐 테니까. 그렇다. 큰 의미가 있다. 끝이 아닌 시작이라는!

700km 이상을 걷고 보니 산티아고 길은 매일매일의 선택, 매 순간의 도전, 그 연속이었음을 알겠다. 마치 인생처럼 말이다. 화살표를 따라가면 된다 하지만 화살표가 어디를 가리키는지 명확하지 않을 때도 있고, 화살표가 없었더라면 어쩔 뻔했나 싶은 갈림길도 많다. 그것이 인생과 닮았다. 물론 인생에

는 화살표가 없긴 하지만.

　인생에서든 순례길에서든 각자가 자기 선택에 책임을 지고 앞에 놓인 길을 즐겨야 한다. 가지 않은 길이 궁금하더라도 내 앞에 놓인 길에 집중하는 것이 행복의 비결이다.

6

용감한 그녀, 코린

얼마 남지 않은 순례길이 아쉬워 한걸음 한걸음을 아껴 걷던 어느 날, 자그마한 체구에 비해 큰 짐을 진 한 중년 여성과 우연히 눈이 마주쳤다. 프랑스에서 온 코린, 그녀는 매우 수수한 차림에 지극히 평범해 보이는 외모였는데 순례길에 나선 계기가 있는지 묻자 상상 밖의 답이 돌아왔다.

"이 길을 걷고 싶다고 오랫동안 생각해오긴 했죠. 많은 사람들이 그렇듯 시간이 없다거나 체력이 안 받쳐줄 거 같아 자신이 없다거나 하는 이유로 실행을 못 했어요. 그런데 지난해, 건강에 이상신호가 왔어요. 나흘 만에 왼쪽 눈의 시력을 잃었거든요."

그 말에 내가 깜짝 놀라든 말든 코린은 담담하게 이야기를 이어갔다.

"다른 병의 후유증으로 생긴 건데 그 일로 인해 인생에 불가피한 변화들이 생겼어요. 우선 직장을 그만둘 수밖에 없었고, 그렇게 되니까 시간이 많아졌죠. 시간 여유가 생기니 미루어 놓았던 것들을 할 수 있더라고요. 왼쪽 눈은 안 보이지만 오른쪽 눈은 잘 보이고, 아무 문제 없이 걸을 수 있는 두 다리가 있으니 '언젠가는'이라 하면서 실행하지 못한 산티아고 길에 가야겠다 싶더군요. 어쩌면 1년 후엔 오른쪽 눈도 안 보이게 될 수 있으니까요. 물론 아무 문제 없을 수도 있지만 상황이 안 좋아질 수 있는 가능성은 언제나 있죠. 그래서 바로 지금 가야 한다고 결론을 내리고 다음 날 집에서 나와 그곳에서부터 걸어왔어요."

믿기 어려울 정도로 용감한 그녀. 프랑스 북쪽에서부터 자기만의 순례를 시작한 그녀는 이미 1500km도 훌쩍 넘는 길을 걸어온 터였다.

"인생은 당장 내일 어떤 일이 벌어질지 모르니 현재에 최선을 다해야 하는 게 맞는 것 같아요. 기다리거나 미루지 말고요. 정말 어려운 상황에서 훌륭한 선택을 했네요. 잘하셨어요. 대단해요."

작은 몸집 어디에 그렇게 큰 용기가 담겨 있는지, 가혹한 운명 앞에서
어찌 그리 큰 용기가 샘솟는지. 멋지고 또 멋진 그녀, 코린.

그녀는 내 말에 옅은 미소를 보이며 고개를 끄덕이더니 이내 다시 말을 이어갔다.

"운명이랄까, 뭐 그런 것이 우리 삶을 궁지로 몰며 힘들게 만들 때 선택할 수 있는 길은 여러 가지예요. 가장 쉬운 길은 왜하필 내게 이런 일이 벌어졌을까, 나 이제 다 그만둘래, 희망이 없어, 라고 불평하며 힘들어하는 것이겠지요. 하지만 그건 병이 만드는 한계 속에 스스로 갇히는 거죠. 내가 선택한 길은 병이 닥쳤어도 할 수 있는 것들을 찾아 하면서 인생이 주는 선물을 계속 즐기는 거였어요. 물론 그런다고 병이 사라지는 건 아니지만, 중요한 건 갑자기 닥친 불행이 내 삶을 지배하게 두지 않는 거예요. 내 인생은 나의 결정과 선택으로 내가 주도해야 하는 거니까요. 그 두 가지 길에는 큰 차이가 있어요."

가녀린 체구 안에 숨겨진 강인함과 지혜로움. 산티아고 길을 걸으며 스쳐간 수많은 순간들이 모두 소중한 인생의 깨달음이 되어주었지만 그중에서도 코린과의 만남은 큰 여운을 남겼다. 만약 그런 불운한 일이 어느 날 갑자기 나에게 닥친다면 나는 과연 그녀처럼 용감한 선택을 할 수 있을까? 평정심을 유지하고 그렇게 현명한 판단을 할 수 있을까? 두려움을 이겨내고 내가 내 인생의 주인이 되는 길을 택할 수 있을까?

산티아고 길이 특별한 이유는 길 위에서 만나게 되는 사람들 때문이라고 한치의 망설임도 없이 말할 수 있겠다. 이제 끝을 향해가는 산티아고 길 위에서 그동안 내게 찾아와준 모든 인연에 그저 감사하고 또 감사할 따름이었다. 순례를 마치고 내 앞에 펼쳐질 인생 다음 챕터에서 수많은 도전과 고비들을 마주할 때 그 만남들은 두고두고 큰 힘이 되어줄 것이 분명했다. 각자의 길을 응원하며 코린과 힘껏 포옹하던 순간, 그녀에게도 나의 마음이 작은 용기가 되어 전해졌기를 소망한다.

7

일상의 기쁨

서양인들도 우리보다는 조금 낫지만 모든 낯선 이에게 인사를 건네지는 않는다. 그런데 산티아고 길 위에서는 다르다. 대다수가 마음을 활짝 열어둔 상태로 오기 때문에 처음 보는 이와 친구가 되는 것이 전혀 어색한 일이 아니다.

길을 걷다 스쳐 지나가는 사람들에게 '부엔 카미노'라고 말하는 것은 다반사이고, 카페나 식당에서 눈이 마주치면 환한 웃음을 지으며 인사를 한다. 처음 보는 이와 오랜 친구처럼 반가워하고, 스스럼없이 다정해지기도 하는데 그게 그렇게 따뜻하게 느껴질 수가 없다.

아침마다 상쾌한 공기를 마시며 등산을 한 후, 산간 마을의 야외 테이블에서 시골 사람들이 만든 오믈렛과 함께 커피를 마시고 지나가는 모든 이들과 애정 듬뿍 담긴 인사를 나누는 경험. 이 여정이 끝나고 나면 순례길 위 이러한 소소한 일상의 기쁨이 몹시도 그리울 것이다.

✟

　　　　　처음에 가방을 쌀 때는 배낭 무게를 몇 킬로그램에 맞춰야 할까, 어떤 걸 가져가고 빼야 할까, 발에 물집이 생기면 어떻게 하나, 부상을 당하면 어쩌나 하는 것들이 가장 큰 고민이었다. 그런데 막상 이 길을 걸어 보니 꼭 필요한 것은 많지 않고, 걱정하는 게 별 소용없다는 걸 알게 되었다.

　하나씩 덜어내다 보니 뒤로 갈수록 짐의 무게가 줄었고, 신기하게도 너무 괴로워서 어떻게 될 것만 같던 다리들이 가벼워지며 그 어느 때보다 좋은 상태가 되었다. 무슨 일이 벌어진 건지 확실히 알 수는 없지만 아마도 힘든 상황을 있는 그대로 받아들인 덕분인 것 같다. 두 발을 비롯한 온몸의 통증을 있는 그대로 받아들이고 계속 걸으니 이내 몸이 적응을 해버렸다.

　종착지를 얼마 남겨두지 않은 시점에 든 생각은 '인생은 버텨내는 거구나.' 하는 것이다. 고난의 순간들이 있을 때 피하는 대신 버티다 보면, 자연스럽게 그 고통을 이겨내는 순간이 온다. 그렇게 할 수 있는 데에는 걸으면서 만나는 좋은 풍경이나 앞뒤에서 나처럼 힘든 것을 참고 걷는 사람들, 내 마음속에 피어나던 수많은 생각들이 도움이 되었다.

산티아고 길을 걸으며 육체적인 고통이나 현실적인 문제에서 비롯되는 괴로움은 극복이 가능하다는 희망을 얻었다. 어려움을 초월하는 큰 기쁨이나 목표가 있고 마음이 열릴 수 있으면 충분히 이겨낼 수 있는 것들이다. 이 순례의 과정도 아픈 발만 생각하면 절대 할 수 없는 일이지만, 시야를 넓혀 주변을 보니 버틸 만했던 것처럼 말이다.

700km를 걸었는데도 상태가 너무 좋아서 내가 정말 그렇게 오랜 시간 걸은 사람이 맞나 싶을 정도이다. 매일 걷다 보니 체력도 좋아졌지만 세상을 보는 관점과 마음가짐이 달라졌음을 느낀다. 똑같은 일도 내가 어떤 태도와 시각으로 바라볼 것인가에 따라 완전히 다른 결과로 빚어질 수 있다는 진리를 산티아고 길 위에서 배웠다. 힘든 상황을 견디고 버텨내니 앞으로 나아갈 수 있었다는 사실을 일상으로 돌아가서도 기억할 것이다.

종착지를 얼마 남겨두지 않은 시점에 드는 생각은
'인생은 버텨내는 거구나.' 하는 것이다.
고난의 순간들이 있을 때 피하는 대신 버티다 보면,
자연스럽게 그 고통을 이겨내는 순간이 온다.

8

엄마의 특별한 휴가

갈리시아에 들어선 이후 또 한 가지 달라진 풍경이 있다면 어린 자녀와 함께 걷는 부모들이 종종 보인다는 것이다. 좁은 숲길에서 마주쳐 잠시 함께 걸었던 디아나와 그녀의 아들 후안 안토니오도 그런 경우였는데, 그 모자가 걷는 방식은 '산티아고 길은 이러이러한 식으로 걸어야 한다'는 편견이나 집착에서 벗어나라고 말해주는 것만 같았다.

스페인 남쪽 무르시아 출신답게 짙은 검정 머리카락에 까무잡잡한 피부를 지닌 디아나는 한눈에도 온몸이 근육질인 것이 범상치 않아 보였는데 알고 보니 그녀의 직업은 경찰이었다.

"산티아고 길을 걷고 싶다는 것은 저에게도 일생의 막연한 꿈 같은 거였죠. 그러다 코로나19로 인한 팬데믹이 닥친 첫해에 엄마 노릇도 365일 24시간은 너무 가혹해서 스스로 휴식할 수 있는 기회를 주어야 하고 그럴 권리가 있다고 생각하게 되었어요. 그래서 일명 '엄마 휴가' 즉 엄마라는 신분 혹은 책임에서 벗어나는 시간을 해마다 갖기로 가족과 합의했고, 첫해에는 남편과 둘이서 열흘간 순례길을 걸었어요. 론세스바예스에서 로그로뇨까지 갔는데 정말 좋았고요. 그 이듬해인 작년에는 여동생과 엄마 휴가를 같이 썼는데 로그로뇨에서 부르고스까지 걸었죠."

자기만의 의미를 부여해 원하는 만큼, 그리고 할 수 있는 만큼 걷는 일, 또 그러한 경험에서 자신에게 필요한 선물을 받아 가는 것, 그것이 진정한 산티아고의 의미를 실천하는 방법이라는 디아나의 생각에 전적으로 동의한다. 산티아고를 걸을 때 반드시 처음부터 끝까지, 특정 루트를 따라, 어떤 방식으로, 며칠 안에 등의 법칙은 잊어도 좋다.

그나저나 아들과 함께 걷는 것은 엄마 휴가가 아니지 않느냐는 나의 질문에 그녀가 이렇게 답했다.

"어찌 보면 그런데 올해는 특별한 의미가 있어요. 세 번째 걷는 거고, 드디어 산티아고에 도착할 수 있는 해인 것도 그렇지만 우리 아들 후안 안토니오가 올해 열 살이 되었거든요. 말하자면 10년 전에 이 아이를 임신했고, 10달 동안 새로운 생명을 내 몸 안에서 키우며 엄마가 된 거잖아요. 그래서 엄마 휴가이

긴 하지만 엄마가 된 것을 축하하고 엄마로서 살아온 나 자신에 대한 선물의 의미로, 엄마가 될 수 있게 해준 우리 아들과 올해 우리에게 특별한 숫자인 10을 기념하기 위해 열흘간 산티아고 길을 함께 걷기로 한 거예요."

"와, 정말 멋져요. 그렇게 의미를 부여해 걷고 나면 엄마와 아들에게 평생 잊지 못할 추억이 되겠어요. 그나저나 아드님은 이제 겨우 열 살인데 이 길을 걷는 것이 힘들진 않은지 궁금하네요."

"사실 우리 아들이 처음엔 불평이 많았고 못 하겠다고 난리였는데 이제 괜찮아졌어요. 특히 가방을 메고 가는 걸 힘들어했는데요, 제가 다른 건 몰라도 배낭은 꼭 메고 걸어야 한다고 원칙을 세웠어요. 인생에서는 자기가 지고 가야만 하는 자기만의 짐이 있잖아요. 산티아고 길에서 자기에게 필요한 물건을 넣은 배낭을 메고 걷는 것은 그런 점을 배우기 위해서인데 어리다고 해서 예외가 될 수는 없으니까요. 이제는 우리 아들이 그 부분을 받아들였고 잘 걷고 있어 기뻐요."

각자의 짐을 등에 진 엄마와 아들. 때로는 같이 때로는 따로, 자기 발과 어깨의 고통을 온전히 스스로 감내해가며 걷는 두 사람. 그들은 아마 세상 어떤 학교에서도 배울 수 없는 훌륭한 가르침을 이 길 위에서 발견하게 될 것이고, 순례를 함께한 동

지로서 끈끈한 우정과 사랑으로 한층 업그레이드된 모자 관계를 선물받아 집에 돌아갈 수 있을 것이다.

　잔잔한 황금빛 햇살 아래 드리워진 갈리시아의 그림 같은 숲길, 그 사이로 자기 몸집 크기에 맞는 배낭을 메고 오손도손 이야기하며 다음 마을을 향해 걸어가는 모자의 뒷모습은 감동이었다.

9
———

갈리시아식 문어 요리

순례길 위에서 지역별로 대표 음식이나 와인을 찾아 먹는 일은 크나큰 즐거움이다. 갈리시아는 해산물 요리를 사랑하는 이들에겐 천국이다. 특히 세계적으로 유명한 '갈리시아 스타일 문어 요리Pulpo a la Gallega'는 꼭 먹어 보기를 권한다. 갈리시아의 멜리데Melide라는 마을에는 그야말로 갈리시아식 문어 요리 식당들이 빼곡하게 자리하고 있다.

일단 문어를 한 번 냉동시켜야 하고 끓는 물에 몇 초간 넣었다 빼야 한다는 둥 나름대로의 비법이 있긴 하지만 삶은 문어와 감자 위에 소금, 올리브오일, 파프리카 가루를 뿌리는 것 외에는 다른 것이 필요 없는, 최고의 식재료로 승부하는 요리이다. 즉, 그만큼 청정한 바다에서 잡아 올린 신선한 문어가 아니라면 제맛을 내기 힘들다는 뜻이고, 이런 이유로 갈리시아 사람들은 문어 요리에 자부심이 대단하다.

마드리드를 비롯한 대도시의 좋은 식당에서 갈리시아식 문

갈리시아식 문어 요리를 현지에서 먹고 나니 갈리시아 사람들의
문어 요리에 대한 자부심을 이해할 수 있었다.

어 요리를 많이 먹어 보았지만 순례길 위 멜리데의 식당에서 맛본 문어와는 비교가 되지 않는다. 아, 그걸 먹기 위해서라도 다시 가라면 갈 수 있을 정도로 기가 막혔던 갈리시아 문어! 산티아고 길에 가게 된다면 절대 놓치지 마시기를!

10

나만의 산티아고 길

얼마나 많은 사람들이 이 길을 걸었을까를 생각하곤 했었는데 이제는 알 것 같다. 같은 길을 걷고 있는 것처럼 보이지만 모든 이들이 다른 길을 걷고 있다. 다른 것을 보고 다른 것을 느끼고 다른 것을 얻어 간다. 고로 똑같은 길 위를 걸어도 같은 길을 걸은 사람은 없다. 모두의 길이 따로 있고 내가 걷는 순간 이 길은 '나의 산티아고 길'이 된다.

산티아고 순례길은 각자 자기만의 길을 만들어가는 혹은 찾는 과정인 것이다. 이 길 자체가 나만의 경험이고 내 경험이 이 길이기 때문에 같은 산티아고 길은 전에도 존재하지 않았고 앞으로도 없을 것이다. 내가 걸음으로 인해서 나의 길을 발견하고 만들게 되는 것이므로 이 길은 내 것이 된다.

혼자서, 천천히, 나의 두 발로 자연 속을 걷는 일, 이 모든 요소가 합해져 나만의 길이 만들어지는 기적이 일어난다. 자연의 품에 안겨 두 발로 걸으면 우리의 심장이 열린다. 그리하여 우리는 전에는 알지 못한 자기 안의 숱한 감정들의 정체를 마주하게 된다. 내 감정과 생각을 외면하지 않고 마주하는 것만으로 우리 삶에 엄청난 변화가 일어나게 되는 것이다.

불과 40여 킬로미터를 남겨둔 시점이 되니 어렴풋이 알 것 같았다. 이 길을 걷기 전과 후의 내 인생은 그리고 나라는 사람은 같을 수 없다는 것을.

✝

어깻죽지부터 발끝까지 안 아픈 곳이 없지만 세상에는 감사한 일이 너무 많다는 것을 알게 되었다. 최종 목적지가 얼마 남지 않은 지금, 몸은 부서질 것만 같아도 마음은 감사함으로 꽉 차올랐다. 한마디로 내 영혼이 지금처럼 충만했던 시기는 없다.

내 마음과 영혼을 치유해준 스페인의 아름다운 자연, 길 위에서 만난 사건과 사람들, 매일 아침의 해돋이까지 모두 고맙구나, 무차스 그라시아스! ¡Muchas Gracias!

나에게 이런 마음이 있었구나!
내 안의 감정들이 샘솟아나고
다시 생명을 얻고 꽃을 피웠던 40일간의 시간.

6

산티아고 데 콤포스텔라

그 모든 순간이
나였어

산티아고 순례길의 최종 목적지인 산티아고 데 콤포스텔라는 스페인 북서부 갈리시아 지방에 위치한 도시이다. 이슬람을 상대로 한 스페인 가톨릭 저항운동을 상징하는 도시로 10세기 이슬람에 의해 완전히 파괴되었다가 11세기에 들어 재건되었다.

　크지 않은 도시이지만 로마네스크, 고딕, 바로크, 네오 클래식 등 다양한 양식의 건축물이 조화롭게 자리하고 있는 구시가지는 아름답기로 정평이 나 있는데, 1985년에 유네스코 세계문화유산으로 지정되기도 했다.

　이 도시의 하이라이트는 단연 이곳을 찾는 모든 순례자들의 마지막 발길이 향하는 산티아고 데 콤포스텔라 대성당이다. 누가 봐도 감탄할 만한 스케일의 건축물이지만, 특히 수백 킬로미터를 걸어 도착한 순례객들에게 이 성당의 존재는 감동으로 다가갈 수밖에 없다.

　산티아고 데 콤포스텔라 대성당은 9세기 무렵부터 수많은 이들을 맞이해온 천주교 순례의 상징적 장소로, 스페인의 수호성인이자 예수의 열두 제자 중 한 사람인 성 야고보 사도의 시신이 안치되어 있다. 역사적으로 중요한 건축물들로 둘러싸인 오브라도이로 광장Plaza de Obradoiro에 위치한 이 대성당은 로마네스크 건축의 걸작으로 평가되며, 중세 시대 조각이 장식된 '영광의 현관 지붕Pórtico de Gloria'은 그중에서도 백미라고 할 수 있겠다.

Santiago de Compostela

1

아버지의 십자가

산티아고 길 800km를 걷는 동안 내 배낭에는 아주 특별한 물건이 하나 들어있었다. 10년 전 세상을 떠나신 아버지가 마지막 순간까지 손에 쥐고 계시던 십자가로, 병을 얻으셨을 때 내가 선물해드린 것이다.

모든 상황이 드라마틱했던 아버지와의 이별, 힘겨운 투병생활을 하던 아버지 곁을 지키며 타들어가는 가슴으로 밤낮없이 무릎 꿇어 기도하던 그때, 아버지와 나의 손을 연결하고 있던 십자가. 나는 아버지가 떠나신 후 세계 각지를 여행할 때마다 그 십자가를 가지고 다녔다. 산티아고 순례길도 예외는 아니었다.

그런데 이번엔 한 가지 의미가 더 있었다. 단순히 아버지와 함께하는 여행을 넘어, 과거의 슬픔과 고통에서 자유로워지기 위한 나만의 의식이었다. 아무리 오랜 시간이 흘러도 옅어지지 않는 것이 부모를 상실하는 슬픔이지만, 아버지의 죽음을 애석해하며 눈물짓는 일에 이제 그만 종지부를 찍고 새로운 시각에서 그 일을 바라볼 때가 왔음을 느꼈기 때문이다. 진작부터 그래야 한다는 것을 알고 있었지만 아픈 기억들에 안녕을 고하고 고마움으로 승화시켜 가슴에 품는 일에는 용기와 노력, 그리고 시간이 필요했다.

아버지가 돌아가신 후 줄곧 내 안에 자리하고 있는 깊은 슬픔을 '딸자식으로서 당연한 애도'라며 합리화했다. 하지만 그렇게 무거운 감정 안에 계속 잠식되어 있는 것이 과연 진정으로 아버지를 위하는 길인가라는 질문에는 답할 수 없었다.

실수하고 방황하고 실패하고 좌절하는 것은 곧 '인간'으로 사는 것을 의미한다. 상처받거나 슬픔을 느끼고, 사랑하는 이와 이별하거나 자신의 죽음을 맞이하는 것 역시 삶의 일부다. 우리 인생은 필연적으로 어두운 그림자를 포함하고 있기에 그것을 직시하든 외면하든 그림자가 드리워지는 것은 매우 자연스러운 일이다.

따라서 원하지 않는 혹은 우리를 슬프게 하는 일들이 벌어졌을 때 끝없는 나락으로 곤두박질치는 대신 그런 일이 우리 삶에 존재하는 것이 당연하다는 사실을 겸허하게 받아들일 수 있어야 한다. 중요한 것은 슬픔을 그저 짙은 슬픔으로만 묻어두는 대신 다른 빛깔의 옷을 입혀 간직하는 것이다.

산티아고 길을 떠나기 위한 준비를 할 때, 이번 여행이 여러

면에서 새로운 시작점이 되어줄 것이라 직감했다. 과거의 괴로웠던 일과 그 기억들을 다른 그릇에 담을 수 있는 용기를 얻을 것이라는 희망이 있었다. 그런 의미에서 아버지의 십자가를 가지고 산티아고에 입성하는 것은 미래를 향해 전진하고 싶은 나에게 상징적 의미가 있었다.

필연적으로 드리워지는 인생의 그림자를 고통으로만 바라보지 않고 삶을 성숙하게 하는 고마운 경험으로 끌어안을 수 있기를, 그러한 나를 이 길의 끝에서 만날 수 있기를 간절히 바라면서 40일을 걸었다. 산티아고 길 순례를 딱 하루 남겨둔 밤, 나는 배낭 한구석에 소중히 간직해 두었던 아버지의 십자가를 꺼내어 머리맡에 두고 잠자리에 들었다.

2

마지막 날

        평화로운 아침 햇살이 창가에 내려앉았다. 평소보다 조금 늦게 시작된 하루. 산티아고 길 위에서 마지막으로 배낭을 메고 걷는 날이 될 터였다. 속이 비칠 정도로 해진 바지와 양말, 바닥이 닳고 여기저기가 터진 운동화도 이제 한동안은 입고 신을 일이 없을 거라 생각하니 어딘가 모르게 서운한 마음이 들기도 했다.

    산행을 위한 채비는 순식간에 자동으로 해치울 정도로 손에 익은 습관이 되었지만 그마저도 평소와는 다른 느낌으로 다가왔다. 담담할 거라고 생각했는데 가슴이 두근두근, 확실히 나는 긴장하고 있었다.

    산티아고에 도착하는 순간 감동의 파도 속에 폭풍 눈물을 쏟게 될까? 아니면 환희에 찬 비명이라도 지르고 뻗어버리게 될까? 혹은 주체할 수 없는 에너지를 발산하느라 제자리에서 방방 뛰며 춤이라도 추게 될까? 그것도 아니라면 왠지 모를 허

탈감에 힘이 쫙 빠져 털썩 주저앉아 버리거나 과거의 후회스러운 기억이 한꺼번에 밀려와 나를 집어삼켜 버리게 될까? 과연 산티아고에 도착하는 순간 무엇을 마주하게 되려나….

⨶

　　　　　순례길 마지막 날의 코스는 오 페드로우소O Pedrouzo에서 산티아고 데 콤포스텔라까지 대략 18km. 매일 새벽 산행을 하며 다져진 체력 덕분에 가뿐하게 걸을 수 있는 거리인데다 마지막이라는 홀가분함이 더해져 날아갈 듯 발걸음이 가벼웠다.

　남은 거리와 가야 할 방향을 알려주는 조가비 비석 위의 숫자도 믿기 어려울 정도로 팍팍 줄었다. 그러나 코너를 한 번 돌 때마다 비석 위 숫자가 달라져 있는 것을 보면서도 불과 몇 시간 후면 40일, 800km의 대장정을 마치고 최종 목적지에 가 닿을 것이라는 사실을 믿기 어려웠다.

　'이게 설마 꿈은 아니겠지? 내가 오늘 산티아고에 도착하게 된다는 거지? 내일부터는 걷지 않아도 되는 거고? 정말로 그런 거지?'

원하지 않는 혹은 우리를 슬프게 하는 일들이
벌어졌을 때 끝없는 나락으로 곤두박질치는 대신
그런 일이 우리 삶에 존재하는 것이 당연하다는 사실을
겸허하게 받아들일 수 있어야 한다.

3
———

도착

        산티아고 순례길 800km의 식생과 풍
경은 하나도 빠짐없이 아름답지만 갈리시아의 숲은 그중에서
도 으뜸이다. 대체적으로 험하지 않고 잔잔한 경사를 이루는
갈리시아 숲속 세상에는 참나무, 밤나무, 버드나무, 자작나무,
산사나무, 월계수나무, 유칼립투스 등 수많은 종의 나무들이
사이좋게 어우러져 있고, 그에 따라 자연스럽게 모여든 이름
모를 새들의 노랫소리는 초록 잎사귀 사이로 떨어지는 햇살과
함께 빛난다.

    춥지도 덥지도 않은 적당한 온도의 해양성 기후는 걷기에
더 이상 안성맞춤일 수가 없다. 연중 잦은 비로 인해 늘 촉촉한
대지에는 깊은 곳에서부터 올라오는 나무뿌리의 신선한 내음
이 고르게 퍼져 있어 땅을 딛고 걸을 때마다 기분 좋게 코를 자
극했다.

    그러나 모든 일에는 끝이 있는 법. 내 몸이 버틸 수만 있다

면, 현실적으로 가능하기만 하다면 계속 이어지길 바랐던 이 길도 오늘로써 마지막이었다. 한창 해가 높은 시각, 요정들이 살고 있을 듯한 숲길과 새들의 지저귐이 서서히 사라지는가 싶더니 나는 어느새 도심으로 연결되는 고가 위를 걷고 있었다. 그러고는 이내 오랜 세월을 머금은 중후한 고도시의 뾰족한 첨탑들이 먼발치로 그 모습을 드러냈다.

'와, 도시가 보인다! 도시가 보여… 산티아고에 온 거구나, 내가 진짜로….'

국경을 넘고, 빗속을 걷고, 수많은 산과 언덕을 오르내리고, 메세타의 바싹 마른 벌판을 가로질러, 꿈에 그리던 산티아고 데 콤포스텔라에 도착할 순간이 코앞으로 다가왔다. 드디어 시작된 마지막 카운트다운! 역사의 증인다운 고혹적인 자태로 나를 맞아주는 산티아고의 품속을 향해 두근거리는 가슴을 안고 소중한 마지막 걸음을 하나씩 밟아 나갔다.

Camino de Santiago

4

카미노가 준 선물

        산티아고 데 콤포스텔라 대성당 앞의 광장에는 수없이 많은 감정과 사연이 넘쳐났다. 속속 도착하는 순례자들의 벅찬 표정과 포옹, 눈물, 개성 넘치는 축하 세리머니와 사진 촬영, 신발을 벗어던진 이들이 만끽하는 자유와 성취의 기쁨 그리고 기도. 주체할 수 없이 밀려드는 감정의 파도를 만끽하는 수많은 인파 속, 눈을 뜨기 힘들 정도로 강한 햇살 아래 거대한 벽화처럼 서 있는 성당의 파사드. 그 앞에 배낭을 내려놓고 지난 한 달여간의 여정을 떠올리며 내 마음을 바라보았다.

   나 자신도 미처 인지하지 못했던, 혹은 기억에서 지워졌던 감정들이 샘솟아나고 다시 생명을 얻고 꽃을 피웠던 40일간의 시간. 나도 몰랐던 내 안의 감정들을 매 순간 새로 만났지만 낯설다는 느낌과는 거리가 멀었다. 오히려 이럴 수도 있구나, 이런 마음도 나에게 있었구나 하는 것을 알게 되어 그리 반갑고 고마울 수가 없었다.

시시각각 정말로 다양한 감정 속에서 걸었는데, 산티아고에 도착해 성당을 바라보고 앉아 있는 순간에도 그것은 변함이 없었다. 내 안의 감정은 여전히, 최종 목적지에 다리를 뻗고 앉아 있는 그때에도 새롭게 꽃을 피웠다. 힘든 과정을 이겨내고 걷는 자는 심장이 열리는 경험을 하게 된다 하더니 감사하게도 내 심장이 완전히 열려 감정이 분수처럼 쏟아져 나오고 있는 모양이었다.

✝

카미노가 주는 선물이 무엇인지 비로소 알 것 같았다. 800km를 걷고 나서 내가 알게 된 것은 결국 모든 것이 내 안에 있었다는 사실이다. 질문, 해답, 위로, 그리고 사랑. 모든 것이 이미 내 안에 있다는 것을 알기 위해 산티아고 길을 걸어야 했고, 그 길을 걸었기에 이 소중한 깨달음을 얻게 되었다.

행복하다는 느낌과는 또 다른 충만감, 모든 것을 다시 얻은 듯한 기분이라고 해야 할까? 그리고 무엇이든 할 수 있을 것 같은 기분. 이것을 일종의 자신감이라고 할 수 있을까? 무엇이든 할 수 있고 무엇을 하든 별로 많은 것이 필요하지 않을 것 같은 단단함으로 온몸과 마음이 꽉 차올랐다.

5

보타푸메이로

　　　　　　가톨릭 신자가 아니라 해도 산티아고
길을 걸은 사람이라면 산티아고 데 콤포스텔라 대성당을 들르
게 된다. 이때 미사와 함께 보타푸메이로Botafumeiro를 멀리 날
리는 의식은 꼭 한 번 볼 만한 가치가 있다. 보타푸메이로는 스
페인어로 '향로'라는 뜻인데, 일반적으로 가톨릭 미사 때 사용
하는 향로를 일컫는 말이다.

　가톨릭에서 미사를 포함한 모든 전례 시 사용되는 분향은
하느님 앞에 바치는 최고의 흠숭을 의미한다. 성경을 보더라
도 향과 관련된 내용이 많이 등장하는데, 예수님이 마구간에
서 태어났을 때 세 명의 동방박사들이 아기 예수에게 전한 선
물에도 '유향'이 포함돼 있다. 가톨릭에서 향이란 절대자를 향
한 복종과 순명을 상징하는 의미를 지녔기 때문이다. 또한 미
사 때 향을 피우면 연기가 올라가는 것이 신도들의 정성 어린
마음을 모아 하느님께 기도로 바치는 의미를 담은 상징적인

행위라고도 해석한다.

　이러한 여러 가지 이유로 가톨릭 성당에서는 향로 피우는 것을 어렵지 않게 볼 수 있는데, 산티아고 데 콤포스텔라 성당의 보타푸메이로 의식은 그야말로 장관이다. 이곳에는 세계에서 가장 큰 향로 중의 하나가 천장에 걸려 있고 무려 8명의 전문적인 인력들이 힘을 모아 그 향로를 공중으로 날리는 세리머니를 한다.

　이 의식의 유래에 대해서는 여러 가지 설이 있는데, 산티아고 대성당의 역사를 설명하는 가이드에 따르면 예전 순례자들이 힘들게 길을 걸었던 것과 관련이 있다고 한다. 지금 같은 숙박시설도 없고 좋은 신발이나 장비 등을 갖춰 걸을 수도 없던 과거의 순례자들은 제대로 씻지 못한 것은 물론 온갖 병이 들어 도착하는 경우가 많았기 때문에 고약한 냄새가 났다. 향을 피우는 것은 표면적으로는 목숨 걸고 걸어온 순례자들에게 거룩한 신의 은총을 뿌려준다는 의미가 있었으나 실제로는 성당 안의 냄새를 순화하기 위한 목적이 숨겨져 있었다는 것. 중세에는 그 향이란 것이 인도나 아랍에서 오는 수입품이었다는 것을 감안해볼 때 성당의 힘을 과시하면서 순례자들에게 축복을 빌어줄 수 있어 일석이조의 효과가 있었다고 추측해볼 수 있다.

　어쨌거나 산티아고 데 콤포스텔라 대성당의 대형 향로를 천장으로 날려 분향하는 보타푸메이로 의식은 성당의 상징적인 볼거리로 수많은 이들이 이것을 보기 위해 끝없이 줄을 선다.

성당에서는 미사에는 관심 없고 이 의식만을 보려는 관광객들의 행렬 때문에 언제 의식을 치르는지를 비밀에 부치고 있으나 대략 점심 무렵 미사에 가면 볼 수 있는 확률이 높다. 개인적으로는 세 번의 시도 끝에 보게 되었는데 그럴 만한 충분한 가치가 있었다.

끝이 아닌 시작

　　　　　　　길고 긴 대장정에 마침표를 찍은 특별
한 순간을 만끽하며 오브라도이로 광장에 앉아 있자니 오래전
산티아고 순례길에 관심을 갖게 해준 소설가 파울로 코엘료가
떠올랐다.

　코엘료는 부인의 권유로 산티아고 길을 걷고 나서 일생의
꿈이던 작가의 길을 걷게 되었고, 산티아고 길에 대한 감사의
마음을 자신만의 방식으로 표현한 첫 작품《순례자》를 세상에
내놓았다. 그러고는 산티아고라는 이름의 목동이 마음의 소리
를 따라 모험에 나서는 이야기인《연금술사》를 발표했다.

　순례를 마치고 나니 코엘료가 순례길을 걷고 그런 책들을
쓰게 된 것이 우연이 아니었음을 알 수 있었다. 아니, 그런 글
을 쓸 수밖에 없었을 작가의 마음을 충분히 알 것 같았다.

　작가는 한 인터뷰에서 산티아고 길이 '존재하지 않는 것에
대한 두려움'을 이겨내도록 도와주었다고 말한 바 있다. 죽음

이 인생의 끝이 아닌 가장 가까운 친구라는 것을 깨달았다고, 죽음은 언제나 우리 곁에 함께 있는 것이라 했다. 마치 내가 아버지의 죽음을 비롯한 과거의 아픈 기억들을 내 삶의 일부로 끌어안고 살 힘을 얻은 것처럼 작가 코엘료도 죽음을 친구로 안게 된 것이다.

산티아고라는 목동이 이집트의 피라미드에 가서야 보물은 자기 집 마당에 있음을 비로소 알게 된 것처럼 나 역시 그 먼 길을 걷고 나서야 모든 것이 내 마음속에 이미 존재한다는 사실을 깨닫게 되었다. 이 엄청나면서도 동시에 간단한 진리가 그 길을 걸은 사람들에게 선물로 주어진다는 사실을 작가는 알고 있었고 그것이 작품으로 탄생했던 것이다.

800km의 순례길을 걸어 마지막 목적지인 산티아고 데 콤포스텔라 대성당 앞에 섰을 때 사람들이 예고한 것처럼 무시무시한 감정의 소용돌이가 몰아치지는 않았지만, 그날 그 순간 내 마음에 가득 차오른 평온함과 당당함은 그 어떤 폭풍우보다도 견고하고 힘이 넘치는, 또 그 어떤 햇살보다도 밝고 따사로운 것이었다.

Camino de Santiago

고맙다, 산티아고

순례를 마치고 나서 산티아고 데 콤포스텔라의 순례자 인증센터에 가면 순례자 여권에 찍힌 도장 등을 확인하고 제법 근사한 인증서를 발급해준다. 평소 이런 인증 같은 것에 큰 관심이 없는 편이지만, 산티아고 길 인증은 특별할 수밖에. 어쩌면 일생 한 번 할까 말까 한 경험이고, 오롯이 내 힘으로, 나의 두 발로 걸어야 받을 수 있는 것이기에 아마도 오랫동안 보물 1호 자리를 차지하지 않을까 싶다.

✚

이제 나는 더 이상 새벽마다 운동화를 신고 수십 킬로미터를 걷지 않을 것이고 일상으로 돌아가게 될 것이다. 더 이상의 카미노 매직은 없고 카미노 블루 속에 이

평생 보물로 남게 될, 800km의 여정 동안 지나간 장소들의 도장이 찍힌 순례자 여권과 라틴어로 된 순례 인증서.

시간을 그리워하게 되겠지만, 한치의 의심도 없이 확신할 수 있다. 그 길을 걷기 전과 후의 나, 산티아고를 경험하기 전과 후의 내 인생은 결코 같을 수 없을 것이라는 사실을. 흙먼지에 뒤덮인, 어느새 낡고 해진 나의 오렌지색 운동화가 스페인의 오후 햇살 아래 환하게 빛나 보였다.

고맙다, 산티아고! 나의 산티아고!

당신만의 보물을
발견하기 바라며

40일 이상을 걷는 동안 소셜미디어와 개인 연락망을 통해 수많은 응원과 격려의 메시지가 쇄도했다. 아름다운 풍광과 감상을 전해주는 것에 대한 피드백들도 있었고, 안전을 기원해주는 이도 많았다. 최종 목적지에 도착했다는 소식을 알리자 격한 축하 인사가 이어졌는데 반응은 다양했다.

부러움의 대상이라고 추켜세우는 사람도 있는 반면 '중간에 포기할 줄 알았는데…'라며 놀라움에 혀를 내두르는 이도 있었다. 전자이든 후자이든 대부분의 사람들이 '산티아고 도착'을 마침표가 찍힌 일종의 성취로 보는 듯했다. 그렇지만 실제 나의 상황은 '종료'와는 거리가 멀었다. 비로소 밀려오는 복잡한 감정과 여행의 후유증을 소화해내는 만만치 않은 과정이 기다리고 있었으니까.

산티아고 데 콤포스텔라 땅을 밟은 후에도 그 대단원의 막이 내렸다는 사실을 받아들이기까지 시간이 좀 걸렸다. 아침일찍 일어나 짐을 꾸리지 않아도 되고, 레깅스 차림으로 운동화를 신고 속도감 있게 걷는 대신 일상복에 슬리퍼를 신고 어슬렁거리는 템포로 산책하는 일이 얼마나 이상하게 느껴지던지. 폭신한 침대에서 자는 것도, 어깨를 짓누르는 배낭 없이 거리를 걷는 것도, 자동차에 올라타는 것도 처음 해보는 일처럼 낯설었다. 마치 꿈꾸는 것만 같아서 볼을 꼬집어보아야 할 정도로 '정말로 끝났다'는 것이 믿어지지 않았다.

순례 후 처음 며칠은 정신없이 자고 먹고 휴식을 취하는 사이 약간 멍한 상태로 지나갔다. 그러다 긴장이 풀리자 몸 여기저기 아픈 곳이 생겼고 까마득히 잊고 있던 현실 감각이 돌아왔다. 갑자기 배낭과 운동화는 쳐다도 보기 싫었고 손가락 하나 까딱하고 싶지 않았다. 하긴 집에 돌아와 발과 다리의 부기가 빠져 평소 신던 구두를 편하게 착용할 수 있기까지 무려 한달 이상의 시간이 걸렸으니 무슨 말이 더 필요할까.

산티아고 길을 걸은 순례자 선배들이 진짜 카미노는 산티아고 데 콤포스텔라에 도착하는 순간 시작된다고 하더니 걸음을 멈추고 얼마 후부터 마음속에서 큰 파도가 일기 시작했다. 우선은 새벽마다 보았던 지상 최고의 해돋이 풍경과 산속 작은 마을에서 맑은 공기 속에 즐기는 카페 콘 레체Café con Leche 한 잔이 너무 그리웠다. 힘겨운 산행 끝에 땀범벅이 된 채로 맞는 시원한 바람과 다 걷고 났을 때의 노곤함을 더 이상 느낄 수 없다는 것도 아쉬웠다. 예측불허의 날씨와 만남이 주는 짜릿함 역시 자꾸 생각이 났다. 미쳤나 싶을 수도 있지만 막 순례를 마치고 돌아온 그 길을 다시 돌아가 처음부터 걷고 싶다는 생각이 간절했다. 심각한 카미노 블루가 찾아온 것이었다.

서울의 일상으로 복귀한 후에도 파도는 멈추지 않았다. 행복을 위해 꼭 필요한 것은 그리 많지 않다는 것을 알게 된 나는 집안의 물건들을 대거 정리해 기부했다. 세상의 시계를 내 걸음 속도에 맞춰 지내는 동안 천천히 사는 일이 주는 즐거움을 알게 된 덕에 조급함과도 이별할 수 있게 되었다. 무게를 덜어내고 한층 가벼워진 삶은 마음에 커다란 자유를 안겨주었고, 단순한 목표 아래 매 순간을 음미하는 법을 알게 되어 사소한 기쁨을 누리는 것이 가능해졌다.

나 자신과 깊이 연결되고 소통함으로써 '자신감'과 '포기할 줄 아는 용기'를 동시에 얻게 된 것은 엄청난 소득이다. 체력이 좋아진 덕에 이제 반경 10km 이내에서 약속이 있을 땐 차를 버리고 거뜬히 걸어서 간다. 이 모두는 '산티아고 길' 위를 두 발로 꾹꾹 눌러 걸었기에 내게 찾아온 선물들이다. 아마도 이런 것을 두고 '카미노 매직'이라 하는 것이리라.

산티아고 길이 내게 몰고 온 변화의 물결은 겉으로 보이는 것들이 아니지만 여전히 크고 작은 원을 그리며 내 인생 전반에 영향을 미치고 있다. 엄청난 육체적 한계에 도전하며 위대한 자연의 힐링을 선물받고 함께 걷는 이들과 깊고 단단한 동지애를 느꼈던, '산티아고 길 순례'의 매 순간은 내 생애 가장 인간적이고 놀라운 경험이었다. 직접 가보기 전에는 알 수 없고 어느 누구도 같은 것을 얻어 올 수 없는 길이지만, 위로가 필요한 누군가에게 도움이 되길 바라는 마음으로 이 책을 썼다.

언젠가, 당신도 그 길이 부르는 때가 오거든 주저 없이 한 번쯤 떠나 보기를! 그러나 혹여 현실을 뒤로하고 갈 수 없는 상황이라 하여도 실망할 필요는 없다는 것을 기억했으면 한다. 단언컨대 산티아고 길이 주는 선물은 우리 삶의 도처에, 무엇보다 우리의 영혼 깊은 곳에 이미 존재하고 있기 때문이다. 중요한 건 언제 어떻게 그것을 발견하는가 하는 것일 뿐이다. 당신만의 보물을 발견하는 여정에 진심으로 행운을 빈다.

2023년 봄
손미나